내 마음이 그래

내 마음이 그래

혜 윰

오리너구리

차 례

리리리 ...9p

3. 6. 9 유턴금지구역 ...63p

한오백년 ...103p

하여가 ...155p

책들의 장례식 ...197p

리 리 리

신랑과 신부가 서 있는 곳을 제외하고 식장 안은 어두웠다. 식장 입구에 사람이 몇 있었다. 지수는 작은 목소리로 실례합니다를 반복하며 안쪽으로 이동했다. 어둠에 눈이 익자 서서히 테이블이 보였지만 어느 테이블로 가야 할지 감이 오지 않았다. 지수는 까치발을 들어 먼저 와 있다고 한 하윤과 유나를 찾았다. 어둠 속에서 친구들의 뒤통수를 알아보기는 쉽지 않았다. 마침, 하윤이 고개를 들고 두리번거리는 걸 발견했다. 지수는 허리를 구부리고 테이블 사이를 가로질러 하윤이 옆으로 가 어깨를 톡 쳤다. 하윤이 지수를 확인하고 빈 의자에 놓아두었던 핸드백을 들어 자기 무릎에 올려놓으며 "어서와"라고 입 모양으로만 말했다. 유나도 지수를 보고 두 손을 앞으로 뻗었다. 지수는 그 두 손에 소리가 나지 않게 손뼉을 쳤다. 세 사람은 막 주례가 끝나고 드레스를 정리하고 있는 신부에게 시선을 옮겼다. 지수가 몸을 앞으로 기울여 하윤의 귀에 대고 말했다.

"기지배, 너무 예쁜 거 아냐?"

"그러게. 살은 또 언제 이렇게 뺐대. 청첩장 사진보다 본식 드레스가 훨씬 예쁜데?"

"결혼 절대 안 한다더 애 맞아? 참 내"

"누가 아니래. 정작 유나 저 지지배는... 아니다."

"유나가 왜?"

"나 뭐? 야! 다 들려."

유나가 작고 날카로운 목소리로 끼어들었다.

"이년 귀 밝은 건 여전하네."

"내 말이."

부모님에게 절을 하는 동안 신부는 멀쩡한데 신랑이 훌쩍거리는 바람에 웃느라 세 여자의 대화가 끊겼다. 사람들도 신랑이 운다며 키득거렸다. 신랑 하객석 쪽에서 남자들이 '울지 마'를 몇 번 외치자 하객들의 웃음이 한꺼번에 터졌다.

 행진이 끝난 뒤 불이 켜지고 신랑, 신부가 사라졌다. 주위를 둘러보니 넓은 식장 안 둥근 테이블에 사람이 빽빽하게 앉아 있었다. 이제야 이름표가 눈에 들어왔다. 역시 지수다웠다. 급히 식을 올리는 것 치고는 일 년 치 예약이 꽉 차 있다던 호텔 예식장에서의 결혼식이었다. 종업원들이 일사불란하게 서빙을 시작했다. 관악 4중주가 연주를 시작했다. 수프와 빵을 먹어 치우고 스테이크가 나오는 시점에야 옷을 갈아입은 신부와 신랑이 다시 등장했다. 이제 막 신혼이 된 부부는 다크서클이 내려온 얼굴에도 환하게 웃으며 삼단 케이크 커팅식을 마무리했다. 와인 잔을 들고 건배를 외치고 나서야 스테이크를 썰 수 있었다.

유나가 먼저 접시를 비우고 지수와 하윤이 남긴 스테이크까지 먹어 치웠다. 한 젓가락이 될까 말까 한 국수를 막 먹으려고 할 때 미연과 새신랑이 그들의 테이블로 다가왔다. 가까이서 보니 신랑의 몸이 탄탄해 보였다. 미연의 카톡 프로필 사진에 한동안 올라와 있던 사람이 맞나 싶었다.

"내가 말한 고등학교 동창들. 인사해."

"아, 안녕하세요. 와주셔서 감사합니다. 식사는 괜찮으신가요?"

"네, 맛있어요."

"급하게 잡느라고 여기밖에 없었네."

"아냐, 좋은데. 우리가 언제 호텔 결혼식을 와 보겠어."

"근데 너무 이쁘다, 지지배야."

"우리 자기는 어때? 멋있지?"

"어? 어. 신랑도 너무 멋지세요."

"아이고, 감사합니다."

"다음에 따로 연락할게. 와줘서 고마워."

미연이 연락한다는 말을 남기고 획 돌아서 남자들이 앉아 있는 테이블로 갔다. 손바닥보다 작은 케이크까지 나오자 사람들이 하나둘 자리를 뜨기 시작했다. 세 사람은 누가 먼저랄 것도 없이 눈썹을 씰룩대고 눈알을 굴리며 그들만의 사인을 보냈다. 세 사람은 약속이라도 한 듯 주변에 남자들만 있는 테이블을 염탐하듯 훑어보았다. 하윤이 "야, 볼 것 없다"라고 속삭이고는 신부를 향해 손을 크게 흔들고 지수와 유나의 팔짱을 끼고서 예식장 건물을 빠져나갔다.

세 사람은 하윤이 미리 봐 두었다고 한 어둑하고 아늑한 분위기의 카페로 향했다. 주말이라 사람이 많긴 했지만 시끄러울 정도는 아니었고 은은한 재즈 음악이 결혼식의 흥분을 가라앉게 해 주었다. 하윤이 카페의 시그니처 메뉴인 바스크 치즈 케이크는 꼭 먹어야 한다며 카운터로 가서 주문을 했다. 지수와 유나가 셀카며 카페 사진을 찍는 사이 커피 세 잔과 치즈 케이크 두 조각을 들고 왔다. 하윤은 쟁반을 내려놓으며 물었다.

"근데 미연이 신랑, 카톡 프로필에 있던 사람 아니지? 미연이랑 같이 찍은 사진 올라온 거 봤었는데."

"바꾼 지가 언젠데."

"그런가? 왜 난 얼마 안 된 거 같지?"

"미연이야 환승연애가 주특기잖아. 한참 만나던 그 사람이랑 헤어지기도 전에 신랑 만나고 있었어. 두 남자 만나는 것도 재주야. 근데 케이크를 두 개나 시켰어?"

미연과 자주 만나온 지수가 사진을 찍으며 말했다. 하윤이 알고 있는 미연은 카톡 프로필에 애인과의 사진을 절대 넣지 않는 사람이었다. 철마다 새 옷을 사듯 남자를 바꾸니 올릴 수 없었겠지. 하윤은 5년 넘게 만나고 있는 남자친구를 떠올리며 어떻게 그렇게 자주 사랑에 빠질 수 있는지 궁금했다.

고등학교 2학년 때 같은 반이 되어서 알게 된 미연은 소위 잘 사는 집 아이였다. 굳이 제 입으로 말하지 않아도 태가 났다. 하지만 미연은 돈 좀 있다고 으스대는 아이가 아니었고 그래서 하윤은 미연이 좋았다. 미연은 늘

친구들이 쉽게 알아차리지 못하게 돈을 조금씩 더 썼고, 민망해하지 않을 정도로 챙겨 주었다. 물론 어른이 되면서 자신과 레벨이 다른 사람이라는 걸 알고 멀어졌다. 네 명이 함께 만날 때 외에는 따로 만나지 않았다. 미연을 보며 사랑의 크기나 빈도는 재력과 비례한다는 것을 깨달았다. 무얼 하든 아끼지도 아까워하지 않는 미연이 사랑도 그렇게 아낌없이 펑펑, 상대도 자주 바꾸는 건 당연해 보였다. 하윤은 그렇게 멋대로 결론지었다. 하윤 자신은 망설이고 재는 연애를 해왔다. 상대방이 해주는 만큼 돌려주었고, 자신이 해준 만큼 상대도 해주길 바랐다. 그리 해주도록 유도했다. 기브 앤 테이크와 더치페이가 기본값이었다. 불편해하는 남자와는 금방 헤어졌다. 이렇게 오래 사귈 수 있었던 건 남자친구인 지석도 그런 사람이었기 때문이었다. 지난 5년을 돌아보면 자로 잰 듯 딱 반은 아니어도 4.5대 5.5는 됐다. 그건 하윤의 자부심이었다. 그게 왜 그렇게 중요하냐고 물으면 바로 대답할 수는 없지만 남자에게 기대지 않는, 남자도 자신에게 기대지 않는 동등한 관계가 진짜 관계라고 오래 전부터 생각해 왔다. 다만 미연의 분갈이식 사랑 앞에서만은 왠지 움츠러드는 건 어쩔 수 없었지만.

유나가 케이크를 입에 넣으며 말했다.

"그래도 사진에 있던 남자는 꽤 오래 만나지 않았어? 프로필에 올린 건 그 남자가 처음 아니야? 난 그 사람이랑 결혼할 줄 알았지."

"그 사람 좀 오래 만나긴 했지. 일 년쯤 만났을걸? 딱 미연이 스타일이었거든. 동글동글한 사람. 미연이 말을 빌리자면 동글동글한데 배는 안 나와야 하고 통통한 거 같은데 만져보면 단단하고, 얼굴은 기염상이이야 힌디고. 말로는 깐깐하지 않다고 그러면서 잴 거 다 잰다니까, 미연이 그 기지배도."

"하하하. 맞아. 매번 새 남친 얘기할 때마다 그 레퍼토리 그대로 말했어. 저번엔 팔근육이 단단해서 좋았는데 이번엔 등 근육이 단단하다나? 그런 식이었잖아. 그래서 이번엔 어디가 단단하대?"

지수의 손짓에 유나와 하윤이 테이블로 몸을 기울였다. 세 사람의 얼굴이 닿을 듯 가까워지자, 지수가 작은 목소리로 말했다.

"신랑은……"

"신랑은 뭐?"

"신랑은 다 단단하대. 학생 때 검도 선수를 했다나. 온몸이 다 단단하대. 그냥 보면 절대 모르고 벗겨 놓으면 아주 그냥……."

"어머, 미연이 그런 근육질 싫어한다고 하지 않았어?"

"근육이 문제겠어? 그게 제일 단단하대. 낮에는 그렇게 순둥한데 밤에는 장난 아니래."

유나와 하윤이 깔깔대며 몸을 세웠다. 지수가 다시 가까이 오라는 손짓을 했다.

"그게 다가 아니야. 아까 시끄러워서 목소리 제대로 못 들었지? 목소리가 그렇게 예술이래. 중저음으로 쫙 깔리는데, 귀에 대고 속삭이면 미친다고, 미연이가 그러던데. 신음소리도 섹시하다고."

"신음이 섹시한 건 어떤 거야?"

"그러게? 남자가 신음소리가 섹시할 수 있나?"

"몰라."

어깨를 으쓱하며 지수가 의자에 등을 기대며 한 달 전 있었던 일을 떠올렸다.

그날따라 지수의 애인 진규는 평소와 달랐다. 만나자마자 지수의 허리를 당겨 안아 가벼운 입맞춤을 하더니 저녁 식사와 호텔을 예약했다고 말했다. 식당은 한 번도 가본 적 없는 비싼 파인레스토랑으로 쉐프가 음식을 내어줄 때마다 설명을 해주는 곳이었다. 정작 그는 설명도 제대로 듣지 않고 안절부절못했다. 원래 말수가 없는 사람은 아니었지만 유독 두서없이 떠들어댔다. 평소 침착하고 지수의 말을 잘 들어주었는데 작정하고 온 듯 자기 말만 했다. 자주 하지 않던 가족 이야기, 어린 시절 이야기까지. 얼마나 괜찮은 집에서 자라 왔는지 설명해 주고 싶어 하는 듯 했다. 갑자기 그런 그가 멀게 느껴지기까지 했다. 지수는 혹시? 싶기는 했지만 설마 하며 금방 생각을 바꾸었다. 한 번도 결혼 이야기를 꺼낸 적도 없는데 갑자기 프로포즈라니. 설마.

 식사를 마치고 그가 안내한 곳은 무려 한강이 보이는 호텔이었다. 연애 초반 기껏해야 시설 좋은 모텔을 다니다가 이제는 각자의 집에서 번갈아서 잠을 자고 가는 게 루틴이 된 터라 오랜만의 호텔에 지수도 들뜨긴 했다. 게다가 비싼 방은 제값을 했다. 5성급 호텔이 아니면 가지도 않는다던 미연이 이해되는 기분이었다. 창가에 붙어 한강 변을 따라 지나가는 차들을 보며 이런 분위기에서 하는 섹스는 격정적이고 더 로맨틱하겠구나 라고 생각하고 있는데, 진규가 뒤에서 지수를 안았다. 지수의 눈앞에 작은 상자가 나타났다. 이 사람이 이러려고 오늘 이랬구나, 웃음이 피식 새어 나왔다. 트렁크에서 풍선이 나오거나 호텔에 초를 깔아놓거나 영화관을 통째로 빌리는 프로포즈가 아니어서 좋았다. 결혼식은 화려하게 하고 싶지만 프로포즈는 소박하면서 진정성이 있었으면 좋겠다고 말한 적이 있는데 진규는 그걸 기억하고 있던 것이다.

어디 내놓아도 부끄럽지 않을 크기의 다이아몬드가 박힌 심플한 디자인의 반지였다. 마음에 쏙 들었다. 진규는 아무 말 하지 않았지만 불안한 듯 흔들리는 동공은 이 반지의 의미를 정확하게 알려주고 있었다. 지수는 고개를 크게 끄덕였다. 그들의 격정적인 밤이 시작되었다.

모든 게 완벽했다. 어느새 향수를 다시 뿌렸는지 그에게서 상쾌한 숲 향이 은은하게 났고, 조명을 모두 껐음에도 손끝으로 느껴지는 그의 잔근육은 언제나처럼 멋지게 갈라져 있었다. 애무가 줄어 아쉬워하던 차였는데 그의 손길이 유난히 꼼꼼했다. 최고의 밤을 만들어주겠다고 결심했음이 틀림없었다. 지수 역시 적극적으로 반응하며 그의 몸을 파고들었다. 한 번도 느껴보지 못한 충족감이었다. 지수의 절정이 먼저였고 곧이어 진규도 끝이 막 다다랐을 때였다. 진규의 몸이 부르르 떨리는 순간, 지수는 보았다. 진규의, 그의, 이 남자 머리에서 무언가가 왼쪽으로 스르륵 흘러내리는 것을. 놀란 지수는 숨을 멈추고 아주 느리게 조금씩 흘러내리는 그것을 쳐다보았다.

진규는 아무것도 모른 채 허리를 마지막까지 튕기며 신음을 토해내고 있었다. 몇 초 동안 절정을 만끽하느라 감았던 눈을 뜬 진규가 지수의 얼굴을 확인했을 때는 이미 머리가 반쯤 내려와 한 쪽 눈과 뺨을 가린 상태였다. 눈도 깜빡이지 않는 지수의 얼굴을 보다가 자신의 오른쪽 눈이 머리카락으로 가려진 걸 깨달은 진규의 동공이 흔들렸다. 오른손으로 머리를 누르며 일어나 욕실로 뛰어갔다. 지수는 천장을 응시하고 누워 있었다. 진규는 오랜 시간 나오지 않았다. 달아올라 뜨거웠던 몸이 식었다.

지수가 회상에 잠긴 사이 유나는 치즈케이크 하나를 해치웠다. 하윤은 케이크에는 손도 안 대고 유나에게 맛있지 않냐고 물었다. 유나는 고개를 끄덕이며 아이스 아메리카노를 마셨다. 하윤이 유나의 등을 쓰다듬었다.

"많이 먹어. 넌 먹을 때가 제일 귀여워."

"뭐래. 놀리냐?"

"아냐, 진짜야. 그 옴뇸뇸하는 그 볼살이 얼마나 귀여운데. 니 남친도 맨날 귀엽다 그랬잖아."

유나의 순둥한 눈꼬리가 순식간에 올라갔다.

"그 소리 이제 싫거든?."

"왜? 둘이 싸웠어? 요즘 사이 안 좋아?"

지수가 눈을 크게 뜨고 물었다.

"그러잖아도 눈치 보여서 못 물어봤는데, 오늘은 얘기해 봐. 이 언니가 다 들어줄게."

"언니는 무슨."

유나가 새 치즈케이크를 포크로 찌르며 중얼거렸다. 하윤이 다시 유나의 등에 손을 얹었다. 하윤은 고등학교 때부터 유나에게 매달리거나 안는 걸 좋아했다. 유나 외에 세 명은 날씬했다. 미연과 지수는 삐쩍 마른 것에 기깝고 하윤은 170센티의 키 때문인지 실제 몸무게에 비해 날씬해 보였다. 유나는 공식적으로 자기 몸무게의 숫자가 한 번도 줄어든 적이 없다고 했다. 고등학생이 되면 젖살이 빠질 법도 한데 그대로라 하윤이 같은 아이들이 자주 유나의 볼살을 만지작거렸다. 살을 빼겠다고 여러 운동을 해보았지만, 볼살은 항상 그대로였다. 게다가 근육이 잘 붙지 않는 타입이어서 볼뿐만 아니라 말랑말랑한 살이 자꾸 만지고 싶어지는 매력이 있었다. 그렇다고 부해 보이거나 둔해 보이는 건 아니었다. 그냥 어딘가 귀엽게 통통하다고 하윤이 자주 이야기했다. 남자들의 의견은 갈렸다. 어떤 사람은 통통하다고 했고 어떤 사람은 정상이라고 했고 어떤 사람은 글래머러스한 거라고 했다. 그래도 뚱뚱하다고 하는 사람은 없어서 다행이라고 유나는 늘 생각했다. 유나와 사귄 남자들 중에서 그런 그녀의 외모에 불만을 가진 사람은 없었다.

"상견례 한 게 작년 여름 아니었어? 왜 이 언니한테 청첩장 안 주는 게냐? 꾸물대다가 미연이한테 순서 뺏겼잖아. 니가 먼저 해야 했었는데."

"헤어졌어."

"뭐? 언제? 왜?"

"왜? 무슨 일이야? 자세히 말해 봐."

"바람 폈어."

"뭐? 누가? 니가? 설마 넌 아닐 거고, 그 새끼가? 이런 개새끼를 봤나."

역시 지수는 고상할 땐 한없이 고상한데 이럴 땐 화끈했다. 유나는 한숨을 푹 쉬고 이야기를 이어갔다.

"작년에 상견례하고 갑자기 회사를 이직했어. 동탄으로. 오빠 부모님이 신혼집으로 준다고 했던 집이 있었거든. 사실 잘 됐다고 싶었지. 결혼에 집이 제일 문제잖아. 공방을 옮기는 게 제일 마음에 걸리긴 했는데, 그래도 결혼하고 천천히 옮겨도 되지 않을까 했지."

"그치, 공방 연 지 얼마나 됐다고. 인테리어에 들어간 돈이 얼만데!."

"결혼을 늦춰야 하나, 주말부부를 해야 하나 고민했어. 그 얘기를 하니까 오빠네 부모님이 안 좋아하시더라고. 그거 때문에 상견례하고 자주 싸웠어."

"니 남친, 아니 전 남친 몇 살이었지?"

"나보다 다섯 살 많았어. 장남이었잖아. 그래서 결혼이 조금 급했던 거 같아. 지금 생각해 보면."

"뭐 그럴 수 있긴 하겠다. 근데 잘 벌었나?"

"엄청 잘 벌었지. 그러니까 내 공방이 그 집에서는 하찮았겠지."

하윤이 이야기를 듣는 내내 유나의 등을 쓰다듬었다.

"근데 바람은 뭐야?"

"아, 상견례를 하자마자 오빠는 동탄 집에 들어가 살았거든. 어차피 회사랑 가까우니까. 서울에 살 때는 그래도 자주 봤는데 이사 가고 자주 못 가겠더라고. 우리 집에서 2시간 걸려. 거기다가 공방 때문에 싸우니까 더 가기 싫더라고. 근데 알잖아, 원래 오빠 부천으로 안 온 거. 내가 서울로 가서 만났지. 동탄으로 가니까 더 안 오더라. 상견례하고 멀어진 기분이었어."

유나는 지수나 미연처럼 직설적이고 실행력이 강한 편이 아니었다. 먼저 의견을 내거나 계획을 짜서 실천하는 타입도 아니었다. 차분하고 다른 사람의 말 따르기를 선호했다. 약혼자인 기호는 유나의 그런 성격을 좋아했다. 가끔 답답해할 때도 있었지만 리드하기를 좋아하는 기호에게 유나는 좋은 짝이었다.

기호가 다른 사람을 만나는 걸 알아차린 건 일이 없는 평일에 그의 집에 갔을 때였다. 여자 특유의 예민함이 경고를 보냈다. 여자의 향기와 체취가 나는 것 같았다. 신혼집에 두고 싶다고 몇 번 이야기했다가 무시당했던 턴테이블이 생겼다. 유나를 위해 샀다고 생각했지만 정작 LP판은 유나 취향과는 거리가 멀었다. 그와 함께 와인을 마셔본 적이 없었는데, 와인 잔이 두 개가 싱크대에 뒤집어진 채 놓여 있었다. OTT 서비스를 한심하다고 여기던 그가 넷플릭스, 디즈니 플러스를 구독하고 멜로나 에로틱한 영화를 본 흔적이 있었다. 연애 기간 내내 영화관도 한 번밖에 가보지 못한 그들이었다.

심증뿐이었기에 오랜만에 만난 그와의 시간을 망치고 싶지 않았다. 간단히 배달 음식을 먹고 설거지하는 유나를 기호가 뒤에서 안았다. 그는 유나가 백허그를 좋아한다고 생각했지만 사실 그의 취향일 뿐이었다. 뒤에서 안고 유나의 살짝 나온 아랫배를 주무를 때마다 유나는 몸을 배배 꼬며 하지 말라고 했고 그럴수록 장난스럽게 만지던 그였다. 그런데 그날은 달랐다. 기호는 유나의 배에 손을 가져가 뱃살을 세게 잡고 흔들며 "이것 좀 뺄 수 없어?"라고 말했다. 유나는 설거지하던 손을 멈추고 그의 손을 잡았다.

"왜, 만지는 거 좋아했잖아."

"그건 연애 초반이나 그런 거고."

"이젠 싫어?"

"살 좀 빼야 하지 않겠어? 가끔… 니가 나보다 덩치 더 커 보일 때 있어. 알아?"

"응? 그래? 난 모르겠는데? 내가 어떻게 오빠보다 더 커 보일 수 있어? 내가 한참 작은데."

"너 나보다 많이 먹잖아."

"잘 먹어서 좋다며?"

"아니. 그냥 말이 그렇다고. 건강 생각해서. 배 나오는 건 안 좋잖아."

"갑자기? 하긴 드레스 입으려면 좀 빼긴 해야지."

"응? 무슨 드레스?"

"왜? 드레스 때문에 그러는 거 아니야?"

"아, 아니야 맞아."

기호가 한숨을 크게 쉬며 돌아섰다. 유나는 소파에 앉아서 핸드폰을 보고 있는 기호의 옆구리를 파고들었다. 기호가 마지못해 팔을 두르다가 다시 허릿살을 잡고 "이것도 빼자"라고 말했다. 유나가 몸을 빼며 갑자기 왜 그러냐고 물었지만 기호는 인상만 쓸 뿐이었다.

"언제는 만질 게 있어서 좋다며?"

"아니, 만질 게 있으면 좋긴 하지. 근데 날씬한 허리가 딱 잡혀서 좋더라고."

"뭐? 날씬한 허리를 안아봤니 뭐?"

"응? 아니, 그게 아니고."

"말을 왜 더듬어?"

"말을 더듬긴. 괜히 생사람 잡지 마."

남자는 원래 마른 것보다 잡히는 게 있는 여자를 좋아한다고, 다이어트 안 해도 지금 유나의 몸매가 딱 좋다고 말하던 기호였다. 유나가 바뀐 집안 분위기와 날씬한 허리에 대해 계속 캐물었다. 한 번도 싸워보지 않은, 기호의 말에 수긍만 하던 유나가 아니었다. 한참 말도 안 되는 변명을 늘어놓던 기호는 너 때문이라고 버럭 화를 냈다. 니가 변해서, 니가 날 이해해 주지 않아서 다른 사람이 눈에 들어올 수밖에 없었다고 유나 핑계를 댔다. 유나가 도대체 자신이 뭘 이해해 주지 못 했냐고 묻자 기다렸다는 듯 말을 쏟아냈다. 기호는 아침 일찍 일어나 출근하고 퇴근할 때까지 하루 종일 업무에 시달리는 직장인의 고단함을 유나가 이해하지 못한다고 했다. 직장을 다녀보지 않은 유나 탓이라고, 퇴근하고 어떻게 그 먼 거리를 갈 수 있냐고 따져 물어왔다. 맨날 놀면서 시간도 많은 사람이 당연히 와야 하는 거 아니냐고 소리쳤다. 자고 싶을 때 자고 일어나고 싶을 때 일어나는 니가, 일하기 싫으면 퍼질러 있으니 살이 그렇게 찐 니가, 자기 관리를 하지 않는 너를 내가 언제까지 예쁘게 볼 수 있냐고. 공방 같은 거 차려서 돈이 벌리긴 하느냐고 했다. 이래서 비슷한 사람끼리 만나야 한다고 그동안 자신이 널 얼마나 봐줬는지 모르겠냐고. 얌전히 공방 정리하고 동탄 집에 같이 들어왔으면 이런 일은 없었을 거라고 유나 탓을 했다. 기호가 자신이 하는 일을 이토록 하찮게 생각하고 있을 줄은 몰랐다. 사랑해서 결혼한다고 생각했는데 이제 보니 살림을 해 줄 여자가 필요했던 건가 싶어지자 소름이 끼쳤다. 기호의 말이 아닌 말이 이어졌다. 부천에서 동탄 정도면 장거리도 아니라고 차로 다니면 먼 거리도 아닌데 올 때마다 생색냈다고 유나를 몰아세웠다. 유나도 그럼 오빠도 차로 오면 되는 거 아니었냐고, 왜 주말에도 나를 보러 오지 않느냐고 묻자 주말에는 쉬어야지, 너 같은 애는 주말이 얼마나 소중한지 모른다며 소리를 빽 질렀다.

여기까지 들은 지수의 입에서 쌍시옷이 나오기 시작했다. 유나는 이야기하는 동안 얼굴에 붉어져 있었는데 지수의 욕을 듣자 울어도 되지 않을까 하는 생각이 들어 코끝이 찡해졌다. 싸운 지 세 달이 지났고 공식적으로 이별을 선언하지 않았지만 연락이 끊긴 지 한 달이 지났다.

누가 봐도 끝난 사이였다. 싸우지 않았다면, 유나가 기호의 말에 토 달지 않고 다이어트를 열심히 하고 시간이 날 때마다 동탄으로 넘어갔다면, 공방을 정리하고 신혼집 근처 미술학원에 취직했다면, 새로 들인 물건들을 의심 없이 자신을 위한 것이라고 생각했다면, 아니 유나가 예민하지 않았다면, 이미 결혼식을 올렸을지도 모른다. 석 달 내내 유나는 내가 어떻게 했던 게 최선이었을지 생각했다. 연애 따로 결혼 따로라는데 나는 기호에게 연애 상대였을까, 결혼 상대였을까. 자신이 꾹 참고 결혼식을 올렸다면 어떤 결혼 생활을 하고 있을까. 연애 상대를 자주 바꾸는 미연을 싫어했던 기호가 여기에 함께 왔을까. 나는 여기 올 수 있었을까 라는 생각까지 미치자 유나는 기호와 헤어진 게 잘된 거라고, 진짜 헤어졌다고, 끝이라고. 이제야 정리가 된 느낌이었다. 괜히 혼자 끙끙대고 있었구나 라고 생각하자 갑자기 속상하고 서글퍼졌다.

결국 유나의 코가 빨개지더니 눈물이 뚝뚝 떨어졌다. 유나의 갑작스러운 눈물에 하윤은 유나를 안아 주었고 지수는 카운터에서 티슈 몇 장을 가지고 왔다. 유나는 훌쩍이며 몇 분 동안 울었다. 유나가 우는 동안 하윤은 내내 안고 토닥였고 지수는 팔짱을 끼고 주름진 미간을 한 채 두 사람을 바라봤다. 유나는 눈물을 닦고 하윤에게는 고맙다고 말하고 지수에게는 이제 그만 울 거니까 인상 풀라고 말했다.

지수는 유나가 우는 걸 싫어했다. 삼십년 넘게 살며 만나본 사람 중에 유나처럼 감정을 솔직하게 드러내는 사람은 없었다. 속내를 드러내지 않는 것을 미덕이라고 여기며 절대 나약한 모습을 보이면 안 된다고 배웠던 지수에게 유나는 신기한 사람이었다. 처음에는 그래서 좋아했고 친구 하자고 지수가 먼저 손을 내밀었다. 자신을 속이거나 배신하지 않을 거라는 확신이 들었다. 자주 만나진 않아도 같이 있으면 편안함을 느꼈다. 모든 대화, 모든 문장에서 유나의 감정이 얼굴에 드러났다. 유나의 표정을 보는 게 지수의 재미이기도 했다. 좋고 싫음이 이렇게나 뚜렷할 수 있을까. 가끔 멍할 때는 있었지만 대체로 무표정이라는 걸 모르는 사람 같았다. 잘 웃어서 유나를 웃게 만들고 싶었다. 당황하거나 무안해 하는 표정을 보고 싶어 장난을 쳤다. 야한 이야기에 늘 귀까지 빨개지는 유나가 귀여웠다. 그러나 유나는 울기도 잘 울었다. 학생 때야 우는 것을 가볍게 놀리고 끝날 일이었지만 사회 한가운데 떨어진 삼십 대가 되어서도 자주 우는 유나를 지수는 안쓰러운 와중에도 철이 없다고 구박하곤 했다. 그래서 오늘도 유나는 지수의 눈치를 본 것이다. 지수도 화를 낼 생각까진 아니었는데 자기도 모르게 얼굴에 드러났나보다. 지수는 자신에게 사과하는 유나에게 미안해져 팔짱을 풀고 유나의 팔을 쓰다듬었다. 유나는 눈물을 닦고 코를 풀다가 지수의 손길에 다시 입을 삐죽대고 눈물을 왈칵 쏟았다. 지수가 당황하며 손을 뗐다.

"유나! 고만!"

"알았어. 니가 위로해 주니까 더 서러웠어."

"하, 니 맘 왜 모르겠어. 너 그동안 아무한테도 말 안 했지?"

"응? 어떻게 알았어?"

"니가 그렇지 뭐."

"울었더니 이제 좀 후련하네."

"야, 나가자. 이건 소주 각이야. 그냥 넘어갈 수 없어!"

지수가 가방을 손에 들면서 말했다.

"잠깐만, 케이크 다 먹고."

지수는 엉덩이를 떼다 말고 포크로 케이크를 가르는 유나의 볼살을 잡으며 웃었다.

"야이씨, 먹을 땐 개도 안 건드린댔어. 오늘은 먹어야겠다고. 단 거."

"그래 언능 먹어. 니도 한 입 주고."

유나는 케이크를 갈라 지수와 하윤의 입에 한 조각씩 넣어주고 자신은 남은 조각과 커피까지 입에 털어 넣고서야 일어났다.

택시를 타고 이동하는 동안 세 사람은 각자의 연애를 떠올렸다. 결혼을 생각하지 않을 수 없었다. 서른 살이 지난 지 벌써 몇 해가 지났다. 고등학교 2학년 같은 반에서 만난 네 사람이 십 년 넘게 관계를 유지한 것도 신기했지만 넷 중 고작 한 명만 결혼한 것이 더 신기했다. 비혼을 생각해 본 적도 없고 남자에게 관심이 없거나 연애를 쉰 적도 없었다. 서른이 되기 전에 식을 올리고 지금쯤이면 아이를 낳아 기르고 있을 줄 알았다. 결혼이 선택인 건 인정. 그러나 그건 남들 얘기지 자신은 다르다고 생각했다. 당연히 해야 한다고 생각했고 자신은 누구보다 잘 살 거라고 믿어 의심치 않았다. 남들도 다 그렇게 생각하고 있는 듯했다. 혼인율이 떨어지고 출산율이 곤두박질쳤다고 대한민국이 없어진다며 매스컴마다 난리지만, 예식장은 몇 달 치 예약이 차 있고 아기들은 늘 보였고 분기에 한 번씩은 돌잔치 초대를 받았다. 지수는 내일 또 결혼식에 가야 했다. 이번 달에만 벌써 세 번째다. 지수는 슬슬 초조했다. 이러다가 축의금만 내고 걷는 일은 없을까 봐.

 소주 각을 외치던 지수는 와인바로 하윤과 유나를 이끌었다. 이층 양옥집을 개조하여 레트로한 느낌이었다.

여기저기 칠이 벗겨진 초록 대문은 열려 있었고 건물 안으로 들어가기 전 열 걸음 정도의 마당을 지나야 했다. 큰 벚나무가 두 그루 있어서 한 달 전에 왔더라면 벚꽃이 만개한 예쁜 마당을 볼 수 있겠다 싶었다. 백열등으로 어두운 조명을 연출한 내부는 블랙이 메인 색상이라 세련되고 시크한 느낌을 주었다. 하윤은 입구부터 예쁘다고 호들갑 떨며 계속 사진을 찍었다. 지수와 눈이 마주친 사장이 바에서 나와 직접 자리를 안내했다. 지수는 메뉴를 보지 않고 와인과 안주를 주문했다.

"미연이는 신혼여행 어디로 간대?"

하윤이 핸드폰 카메라로 테이블에 세팅된 와인 잔을 찍으며 물었다.

"스위스 간다던데. 스위스 갔다가 유럽 몇 군데 들렀다가 온다고 하드라. 한 달 잡았대."

"우와, 역시 미연이 답네. 근데 회사는 어쩌고?"

"리프레쉬 휴가 썼대."

"그게 뭐야?" 유나와 하윤이 동시에 물었다.

"아, 장기근속하면 길게 휴가 갈 수 있는 거 있어."

"와! 대기업은 다르구나? 신랑도 그렇게 길게 쉴 수 있는 건가?"

"참, 신랑 직업이 뭐래?"

지수가 입을 벌리며 어이없다는 표정을 지었다

"니네 아는 게 뭐니? 저번에 얘기해줬잖아. 미연이 다니는 회사 법무팀이라고."

"오오, 그럼 변호사 같은 건가?"

"응. 변호사."

"그럼 나이가 어떻게 되는 거야?"

"두 살 많고."

"그럼 엄청 동안이네. 동갑이거나 연하인 줄. 미연이가 연하 킬러였잖아."

"그러게. 웬일로 연상을 다 만나나 했는데 결혼까지."

"야야, 근데 아까 하던 얘기 더 해봐."

"뭐?"

"온몸이 단단하다는 말, 목소리도 그렇고."

"아, 하하하하하. 유나 너! 왜 그렇게 좋아해? 제일 순진한 척하면서."

"내가 언제 순진한 척했다고 그래. 이 나이에 순진할 수가 있나? 순진하면 그건 진짜 바보지."

"하긴 그러네. 내가 미연이 신랑에 대해서 말하는 건 좀 반칙 같고, 그건 미연이한테 들어. 아주 신나서 얘기할걸? 밤새워서 얘기할지도 몰라."

지수가 음흉한 표정으로 말했다.

"그나저나 유나는 일단 헤어졌으니 그렇다치고, 하윤이 너는? 너넨 결혼 안 해? 5년이면 할 때 되지 않았어?"

"맞아. 애기 없이? 그런데 지석 씨 다친 건 괜찮아?"

"다쳤었어? 어딜?"

"지금도 그렇게 좋지는 않아. 무릎을 다쳤어. 그게 벌써 음... 여덟 달이나 됐네."

"많이 다쳤어?"

지수가 눈을 동그랗게 뜨며 물었다. 하윤은 유나에게만 지석이 다친 걸 이야기했었다. 지석은 원래 운동을 좋아했다. 일주일에 두어 번 헬스장을 가고 2주에 한 번 조기축구 경기에 나갔다. 그 좋아하는 축구를 하다 무릎을 다쳐 십자인대 수술을 했는데, 수술은 잘 되었지만 통증은 쉽사리 사라지지 않았다. 구름이 조금만 많아져도 허리부터 발끝까지 은은하게 쑤시고 아프다고 했다. 수술할 때는 부모님께 알리지도 않았다. 하윤이 당연히 자신을 간호해 줄 거라고 여기는 듯했다. 하윤도 처음에는 당연히 그렇게 하려고 했다. 일주일의 입원 기간에 병원에서 숙식하는 게 뭐가 어렵겠나 싶었다. 이틀 동안은 괜찮았다. 원래 집에서 잠만 자는 하윤이었기에 머리대고 잘 수 있다면 집이든 병원이든 상관없는 줄 알았다. 그러나 착각이었다. 학원 강사로 일하는 하윤이 자정 가까운 시간에 집에 들어와 쓰러져 여덟 시간씩 잠만 잤던 것이 사실은 자신만의 체력 충전이었다는 것을 몰랐다. 병원에서 간병인으로 지내면서 잠을 자는 일은 완전히 달랐다. 딱딱한 간이침대도 문제였지만 매일 새벽같이 일어나야 하는 건 하윤에게 무리였다. 5시면 불을 켜고 몇 번이나 들락거리는 간호사와 이른 회진을 도는 병원의 루틴은 하윤의 일상을 망가뜨렸다. 결국 4일째 되던 날 수업을 하다 졸았다. 처음 있는 일이었다. 결국 일주일을 채우지 못하고 병원에서 못 자겠다고 말했다. 지석이 섭섭해했지만 내가 먼저 살아야 할 것 같았다.

하윤도 연애 초반에 디스크가 터져 수술한 적이 있었다. 그때 지석은 일을 핑계로 두 번 한 시간 정도 병문안 온 것이 다였다. 병원은 지루하다며, 할 게 없는 병실에 있는 걸 답답해했다. 하윤도 지석이 있는 게 불편해 퇴원하는 날에나 짐을 들어주러 오라고 했다. 그때와 지금을 비교하면 좀 억울하다는 생각마저 들었다. 하윤이 설레절레 고개를 가로저으며 말하자 유나가 킥킥대며 물었다.

"근데 너 표정 이상한 거 알아? 아프다고 징징대서 짜증 나는 게 다가 아닌 것 같은데? 다른 거 뭐 있지?"

"역시 우리 유나는 눈치가 너무 빨라. 내 표정이 너무 태가 났어?"

"어! 뭔데? 무슨 일 있었어?"

"하, 모르겠어. 이런 거 가지고 서운해하는 게 맞는지 어쩐 건지."

"뭐가 문젠데? 이 언니한테 말해봐."

"지수 너는 맨날 이 언니한테 말해 보래. 이참에 민증 까봐. 너 사실 일 년 꿇었던 거 아니야? 언니 맞는 거 아니야?"

"아니거든. 내가 니네보다 성숙하잖니?"

"성숙은 개뿔. 뭐래니?"

"이 바디를 봐라, 가슴도 너네보다 성숙하잖니? 섹스도 여기서 내가 제일 먼저 한 거 기억 안 나니?"

"그 소리 나 백번쯤 들은 거 같아. 으악!"

말은 이렇게 해도 하윤은 지수를 나쁘게 생각해 본 적이 없었다. 하윤은 네 사람이 지금까지 잘 지낸 건 지수가 있었기 때문이라고 생각했다. 분위기를 잘 이끌고 중재를 잘해서 지수만 있으면 싸울 일도 아무것도 아닌 일이 되기 일쑤였다. 미연과는 거리감이 있었고 감정에 솔직한 유나는 가끔 버거울 때가 있지만 지수에게는 눈치

보지 않고 툭 터놓을 수 있었다. 뒷담화보다는 앞에서 풀고 넘어가는 게 지수의 가장 큰 매력이었다. 게다가 자기 일을 똑 부러지게 하면서 주위도 잘 살폈다. 유나는 예민하고 눈치가 빨라 하윤의 기분을 알아차리고 바로 물어본다면 지수는 알고 있어도 먼저 말할 때까지 기다려준달까. 빨리 휘발되었으면 할 때는 유나가 편했고 묵은 감정을 해결하고 싶을 땐 지수에게 말하는 게 더 나았다. 지수가 언니처럼 구는 게 가끔 얄미웠지만 어른스러워서 좋은 것도 사실이니까.

"그럼 백 한 번째 말할게. 이 언니한테 말해 봐!"

"그냥…"

말하려다 마는 하윤이 답답했는지 지수가 와인 잔을 털어 마시고 새로 따랐다.

"그냥… 계속 만나는 게 맞나 싶어서 그러지."

"왜 그런 생각을 하는데? 지석이도 바람피워? 아, 유나 쏘리."

"나 이제 괜찮아."

"안 울 거지?"

"응 아까 다 울었어."

"알고 지낸 거까지 합치면 벌써 6년이 다 되어 가더라고. 사귄 것만 따지면 5년 차. 내가 사랑하는 사람을 만나고 있는 건지 그냥 심심하지 않으려고 만나고 있는 건지 자꾸 헷갈려. 데이트다운 데이트도 안 해. 둘이 차려입고 카페에서 커피랑 디저트를 먹어본 게 언제인지 기억도 안 나."

"오래 만나는 게 어떤 건지 몰라서 나는 뭐라고 말해 줄 게 없네."

"나도…"

지수와 유나는 하윤을 보면서 잠시 말이 없었다. 자신들이 오래 만났던 사람을 생각해 보려 해도 그들의 연애는 이 년을 넘긴 적이 없었다. 일 년 이상 만나면 결혼해야 하는 거 아닐지, 5년이면 사랑보다는 정으로 만나는 게 아닐지, 그들의 관계가 연인이라고 할 만큼 사랑의 감정이 남아 있긴 할지 궁금했다.

"나 궁금한 게 있는데, 너 지석이 사랑해? 아직도?"

"그게 작년까지만 해도 사랑한다고 했던 거 같은데 요즘은 바로 대답이 안 나오더라. 모르겠어. 이게 사랑이면... 사랑이 너무 별거 아닌 거 같아서. 사랑은 그래도 좀 이것보다는 대단하고 끈끈하고 절절했으면 좋겠는데 말이야."

"절절한 사랑을 말하기엔 너넨 너무 오래됐지. 좀 슬프지만 그냥 정으로 사는 거 아닐까? 익숙함. 그 익숙함이 생각보다 무서워. 나 오빠랑 싸우고 데면데면한 두 달 동안 아침마다 일어나서 카톡 보내려다가 만 게 몇 번인지 몰라. 배민에 주문하나가 이상해서 보니까 주소가 오빠 집으로 되어 있는 거 있지? 아무렇지 않게 2인분 시키다가 깜짝 놀랐잖아. 지금도 봐. 이제 남인데 오빠라고 말하는 거. 기호 씨라고 해야 할 것 같은데...... 익숙해지는 거, 습관 이런 게 사람 미치게 해. 떨리고 사랑하고 그런 것만 사람 미치게 하는 게 아니야. 5년은 어마어마한 거야. 하윤아."

"그래서 결혼 얘기는 있어?"

"아니. 그것도 문제야. 결혼 얘기를 연애 초반에 한두 번 장난으로 한 거 말고는 해 본 적 없어."

"응? 그게 가능해? 너나 지석이 비혼이야?"

"아니, 비혼이라거나 결혼 생각 없다거나 그런 말도 해 본 적 없어."

"야, 니넨 대화를 안 해? 그런 얘기를 어떻게 안 할 수가 있어?"

"그러게, 왜 안 했을까."

하윤이 기어들어 가는 목소리로 중얼거렸다. 마치 자신이 잘못된 관계를 맺어서 지수가 꾸짖고 있는 것처럼. 사실 그들이 결혼 이야기를 전혀 나누지 않은 것은 아니었다. 마주 보고 앉아 우리 진지하게 결혼에 대해 이야기해 보자고 하지 않았을 뿐 틈틈이 자신들의 미래를 그려 보곤 했다.

예를 들면 이런 식이다. 주말 수업이 끝나고 지석의 집으로 간 하윤은 티비를 켜놓은 채 소파에서 잠이 든 지석을 보고 이것이 바로 결혼한 사람들의 주말이겠구나 생각했다. 커피를 타서 소파 앞에 앉아 채널을 돌리고 있을 때 지석이 부스스 일어나 하윤을 보고 볼에 뽀뽀를 해주는 토요일 늦은 오후. 하윤의 집에 있는 반찬을 모두 넣어 비빔밥을 먹고 배를 두드리며 냉장고 파먹기 또 하자며 웃는 수요일의 늦은 밤. 하윤과 지석은 유튜브에서 신혼부부들이 우리처럼 비빔밥을 해 먹는 영상을 봤는데 우리도 그들과 똑같지 않냐며 깔깔댔다.

가만히 생각하던 하윤은 그들이 부부와 다르지 않을 거라고, 매일 같이 먹고 자지는 않지만 주말부부가 이렇지 않을까 싶었다. 그럼 결혼이란 이런 건가 하는 생각에 미치자 갑자기 정신이 번쩍 들었다. 단순히 감정의 문제만으로 결혼을 따질 일이 아니었다. 꺼내보지 못한 문제들이 있었다. 결혼도 하기 전에 벌써 서로의 큰일을 결정하는 게 과연 옳은가, 그래도 되는가를 고민했다. 가량 지석의 수술 같은 경우 애인이니까 간병하는 게 당연하다 싶었지만 혼인신고도 안 한 자신이 너무 큰 짐을

지고 있다는 생각이 들었다. 그래서 부모님에게 말하라고 했지만 지석은 끝까지 말하지 않았다. 자신의 어머니가 고생하는 건 싫고 하윤이 당연히 그의 수발을 들어야 한다고 여기는 게 괘씸했다. 오래 만난 사이라지만 아직 남남이니 당연시하지 말라는 말에 지석이 화를 냈고 하윤도 지지 않았다. 수술 이야기를 나올 때마다 지석과 하윤은 싸웠다. 하기사 요즘은 그것 말고 다른 게 더 고민이었다. 갑자기 하윤이 한숨을 내쉬자 유나가 물었다.

"왜? 계속 간병해야 해? 아니면 다른 문제가 또 있어?"

"그런 아니야. 일상생활 다 가능해. 뭐 몇 가지가 전이랑 달라지긴 했지만."

"뭐가? 뭐가 달라졌는데?"

"아… 그게…"

"뭔데? 뭔데?"

"사실은, 퇴원하고 한 달 정도까지 그걸 못 했지. 근데 그건 당연하잖아."

"응. 그렇지. 못 하지. 무릎이니까."

"그치, 알지. 이게... 말해도 되나 모르겠네."

"뭔데, 자꾸 뜸 들이지 말고."

"그게... 아직도 정상위가 안 되더라고. 그것만이 아니라 웬만한 체위가 다 안 돼. 그게 안 되니까 흥미도 잃은 거 같아. 전에는 섹스하려고 나 만나나 이런 생각이 들 정도였는데 이제 그것까지 없으니까 나는 얘를 왜 만나고 있나 이런 생각이 들어."

"원래 그런가? 무릎이면... 그런가?"

"할 수 있는 건 내가 올라가는 것뿐인데 맨날 한 자세로만 하니까 나도 재미없고 금방 끝나고 맘대로 안 되니까 괜히 성질부릴 때도 많고. 이래저래 사소한 짜증이 많아졌어."

"그건 그럴 수 있겠네."

지석이 다치고 난 후 거의 두 달 동안 섹스를 할 수 없었다. 어떻게든 다리에 무리를 주면 안 되니 지석도 하윤이도 조심했다. 그러다 다시 시도했을 때 그나마 가능한 체위가 여성 상위였다. 지석의 다리에 무리가 없는 자세.

몇 번은 둘 다 만족했다. 그러다 이마저도 시들해졌다. 섹스란 원래 그렇지 않은가. 매번 똑같은 자세로만 하면 무슨 재미가 있겠는가. 딜도와 다른 게 없어 보였다. 게다가 너무 힘들었다.

사실 섹스만의 문제도 아니었다. 데이트다운 데이트를 해본 지 오래되었다. 하윤이나 지석이 집에서 만나 밥을 먹고 잠을 잤다. 정말 잠만 잤다. 섹스 횟수도 20대 시절에 비해 확연히 줄었다. 새로운 사람을 만나기 두려운 건지, 몸정 때문인지, 익숙함에 취해서 헤어지지지 못하는 건지 고민하던 시기에 지석이 다쳤다. 병원에 누워 있는 게 짠해서 나 아니면 누가 이걸 거둬주나 싶었다. 그러나 또 시간이 흐르자 내가 뭐 하고 있는 건가 싶었다.

"원래 오래 만나면 이런 걸까? 아니 몇십 년씩 사는 부부들은 어떻게 사는 거야?"

하윤이 묻자 지수가 피식 웃으며 말했다.

"그러게. 결혼이란 거 정체가 뭐야?"

하윤은 이런 관계가 부부라면 결혼이란 선택을 하고

싶지 않았다. 가끔 드는 애정으로, 가끔만 좋은 섹스로, 자주 허무하고 하루 중 아주 적은 시간만 이 사람을 생각하는 거라면 이건 사랑이 아니지 않을까. 결혼은 사랑해서, 사랑이 넘쳐서 하는 게 결혼이었으면 했다. 올해는 서로의 생일에 선물도 없이 몇 번이나 가본 식당에서 먹어본 메뉴를 그대로 시켜 먹었다. 그것도 키오스크로 주문해서. 설렘이나 떨림은 꿈에서도 안 나오는 것 같았다. 결혼한들, 결혼식을 하려고 스드메를 고르고 풀메를 한들 다시 떨림이 생길지 의문이었다. 그렇게 결혼하고 같이 살아도 지금과 다르지 않을 거라 생각하니 갑자기 인생이 너무 지루해 보였다. 매년 같은 교안으로 수업히면서 그 해 출제 경향에 맞춰 토씨 하나만 바꿔 연습 문제를 풀게 하는 학원 수업과 오랜 연애 끝에 하는 결혼이 같아 보였다. 수업은 학생이라도 매년 다르지, 결혼은 죽을 때까지 같은 사람에게 같은 문제를 풀라고 강요하는 것과 무엇이 다를까. 하윤은 크게 한숨을 쉬다가 지수의 옆자리에 놓인 프라다 가방을 발견하고 물었다.

"어? 이거 저번에 니가 갖고 싶다던 가방 아냐? 샀어?"

"아니, 진규 씨가 사줬어."

"역시 대기업 과장님은 달라. 너네야말로 결혼 안 해? 니 입으로 결혼 상대로 딱이라며."

"가방은 가방이고 결혼은 결혼이지."

"야, 이런 거 받고 결혼 안 하면 너 꽃뱀이야. 넌 진규 씨한테 뭐 사주긴 했어?"

"내가 왜? 작년 생일에 시계 사줬어. 그거면 되지."

"근데 너 생일 가을이잖아. 생일도 아닌데 이걸 사줬다고? 이거 몇백 하잖아."

"어, 어, 그게. 그냥 사주던데?"

"그냥이라고? 이 비싼 걸? 그냥 사준다고? 미연이 신랑이면 모를까 진규 씨는 그런 스타일 아니잖아."

"어머 우리 진규 씨가 왜? 우리 진규 씨도 이 정도는 사줄 수 있거든?"

"그래? 그러니까 진짜 그냥 사줬다고? 너 얼굴 왜 빨개져? 그러고 보니 너 요즘 진규 씨 타령 뜸하던데. 너야말로 뭔 일 있지? 이번엔 이 언니한테 말해 봐."

"됐거든. 우리 진규 씨가 뭐. 바빠서 그랬지."

"바쁘다는 년이 지난 주에 일본에 갔다 왔냐? 같이 갔다 온 거 아니야?"

"아니던데, 혼자 갔다 왔던데? 그치?"

"우리 진규 씨 바빠서 혼자 갔다 온 거야."

"이상해, 수상해, 너 혼자 여행 간다고 한 거 처음 봐. 너는 절대 혼자 갈 애가 아닌데. 말해봐 얼른!"

"아 씨발. 눈치 빠른 년들."

"욕 나왔다. 그래 우리 지수 양이 그럼 그렇지. 오늘 얌선 넌다 했지. 오늘이 딱 좋은 기회야. 우리 오늘 다 같이 터놓자. 자아! 큐!"

지수가 뭔가 숨기고 있다고 생각한 하윤이 신이 나서 손가락으로 딱 소리를 냈다. 지수를 놀릴 수 있는 기회는 드물었으므로 하윤은 어깨까지 들썩였다. 미연은 어딘가 놀리기에 부담스러웠고 유나는 툭하면 울어서 놀리기 어려웠다. 지수는 하윤이 놀리면 놀리는 대로 리액션을 해주었고 삐치지 않았다.

"하, 나 프로포즈 받았어."

"언제?"

"한 달 전에."

"와 이 가스나 봐라. 그걸 왜 인제 얘기해. 완전 섭섭한데?"

"사연이 있지. 휴."

"뭔데? 너무 작아?"

"작긴, 너무 커서 문제지."

"뭔 줄 알고 크대?"

지수가 움찔했다. 하윤은 씨익 웃으며 말을 이었다.

"다이아 말이야. 다이아. 다이아몬드가 작냐고. 큭큭."

"야! 그것도 크거든? 둘 다 커."

"그럼 왜 우리한테 말 안 했어? 그런 걸 자랑 안 하실 우리 지수 님이 아니신데?"

"……"

"뭐가 문제야?"

"H 호텔 스위트룸에서 프로포즈 받았는데."

"우와 거기 일박에 거의 백만 원 아니야?"

"그치. 그 정도 하지."

"근데? 받았는데? 받고 끝? 거기서 안 하진 않았겠지?"

"뭐래. 아주 난리가 났었지."

"자랑도 뜸 들이고 하는 건 여전하구나? 지금 우리 부러워하라고 오늘까지 말 안 하고 꾹꾹 참은 거 아니야?"

지수가 두 손으로 얼굴을 감쌌다. 하윤이 말이 심한 거 같다고 생각한 유나가 하윤의 팔을 잡았다. 지수가 하윤의 말에 카랑카랑한 목소리로 반박하길 기다렸지만 지수는 예상보다 오래 자세를 유지했다. 하윤이 미안하다고 말했다. 지수가 손을 내렸다. 얼굴이 울긋불긋하고 눈이 촉촉했지만 웃으며 하윤에게 혀를 쏙 내밀었다.

"아 몰라. 진짜. 진짜 최고로 좋은 날이었는데. 아 그 새끼가 오바하긴 하드라고. 거의 일 년 만났는데 그날 알았어. 가발 쓰고 다녔대."

"뭐?"

하윤과 유나가 동시에 소리쳤다. 유나가 손으로 입을 가리며 주변을 두리번거렸다. 누가 지수가 하는 말을 들었을까 봐 걱정되었다. 지수의 남자친구가 대머리라니. 그럴수가. 지수가 여태까지 만나온 남자들은 한 명도 빠짐없이 엘리트에 잘생기고 몸도 좋았다. 그런 사람이 실존한다는 걸 지수가 소개해 주기 전에는 알지도 못했다. 동화 속 왕자님 같은 사람들이었다. 지수는 미연만큼 자주 애인이 바뀌었는데 그 이유가 미연보다 더 사소했지만 기준은 명확했다. 어떤 사람은 지수와 만나고 5킬로그램이 쪄서 헤어졌고 어떤 사람은 S대학이라고 했는데 알고 보니 서울대가 아니라 성균관대였다고 헤어졌다. 어떤 사람은 똑똑한데 한 달에 책 한 권도 읽지 않는다고 해서 헤어졌고 어떤 사람은 발가락이 못생겼다고 헤어졌다. 이번에 만나는 사람이 그중에 가장 완벽에 가까운 사람이라고 했다. 그래서인지 오래 갔다. 그런 지수의 남자친구가 대머리라니. 가발이라니. 국가 일급비밀을 들은 사람처럼 하윤과 유나의 심장이 벌렁거렸다.

"그날따라 하는데 겁나 격하더라고. 나도 너무 좋아서 미칠 뻔했는데 글쎄 머리가 흘러내리는 거야. 순간적으로 내가 이 사람 머리를 쥐어뜯었나? 싶었다니까. 근데 지도 알아차리고 화장실로 도망간 거 있지? 그러고 한참 있다가 나와서 무릎 꿇더라. 가발이라고."

"그래서?"

"그래서는 뭐 그래서야. 일단 그 날은 집에 왔지. 꼴 보기 싫어서."

"그래서? 그다음엔?"

"시간을 좀 달라고 했어. 아직 고민 중이야. 알잖아. 나 깐깐한 거."

"알지, 알지. 근데 가발은 좀…"

지수가 남자를 선택하는 기준에 대머리는 없었다. 절대 없었다. 지수는 항상 2세를 위해서 좋은 유전자를 가진 남자가 필요하다고 생각했다. 그런 남자에게 어울리는 여자가 되기 위해 먹고 싶은 거 안 먹고 꾸준히 독서하고 PT를 받고 명상 요가도 몇 년째 하는 중이다. 사실 지금 지수가 고민하고 있는 것 자체가 있을 수 없는 일이었다. 그럼에도 고민하고 있는 자신이 신기하고 이상했다. 호텔에서 나와 집을 가는 택시에 올라타자마자 그녀는 초록창에 '대머리 유전'부터 검색했다. 사람마다 의사마다 다 말이 달랐다. 다양한 원인이 있을 수 있고 시작되기 전에 관리하면 된다는 식으로 뭉갠 글만 가득했다. 며칠을 고민한 끝에 내린 결론은 지수는 진규를 포기할 수 없고, 그만큼 진규를 사랑하고 있다는 것이었다.

"가발 티가 하나도 안 났거든. 말 안 한 것도 괘씸해 죽겠는데, 이만큼 내 이상형에 가까운 사람도 없어."

"그치. 내가 봐도 너랑 잘 어울려."

"차라리 기호 씨처럼 바람을 피우든가 하윤이처럼 오래 만나서 감흥이라도 없으면 바로 헤어질 텐데 이상하게 이번엔 그게 안 되네."

"유나야, 이 년이 우리 돌려 깐 거 맞지?"

"그런 거 같은데?"

"너네만큼 나도 고민이 된다는 말이었어."

유나가 지수 어깨를 토닥이자 지수가 유나의 어깨에 머리를 얹고 눈을 감았다. 지수의 그런 모습을 처음 본 유나와 하윤이 눈이 동그래졌다. 지수가 천천히 몸을 일으키며 반쯤 채워져 있던 와인을 마시고 유나의 특제 크래커를 입속으로 넣었다.

"나 말리지 마. 오늘은 다 먹어버릴 거야."

"그래, 먹자. 마시자."

비어 있는 지수의 잔에 와인을 다시 채우고 세 사람은 와인잔을 부딪쳤다.

"남친이든 전 남친 얘기 그만하자, 이제. 한 병 더 마시고 2차로 헌팅포차 갈까?"

"우리 나이에 그런 데 가도 돼?"

설렘 반 두려움 반을 얼굴에 담고 유나가 깍지 낀 두 손을 가슴에 올리며 말했다.

"우리 안 늙었어. 이 정도면 아직 쓸 만해."

"지수 너나 그렇지. 나는 이제 한물갔어."

"나같이 뚱뚱한 사람도 헌팅이 돼?"

"유나야, 너 남자는 어떻게 사귀었냐? 사람은 다 제 취향이 있는 거야. 알면서 그런다."

"날씬한 허리 아니면 어때. 이렇게 귀여운 유나를 버린 놈이 이상한 거지. 그리고 다리 아파서 여성 상위밖에 못 하는 남친만 있는 것보다 솔로가 나아. 안 그래?"

"어? 이상해. 이건 너무 이상한데? 왜 라임이 맞지?"

"라임?"

"머리, 다리, 거리. 우리 고민이 다 '리'자로 끝나잖아?"

"뭐야, 리리리 자로 끝나는 말이야?"

"그러네? 신기하다. 리리리 자로 끝나는 건 다 중요했던 거야."

"거기에 미연이 신랑 목소리까지?"

"리리리 리자로 끝나는 말은? 대머리, 다리, 목소리, 장거리, 웬수 덩어리."

지수가 동요 리듬에 맞춰 노래를 부르자 옆자리에서 키득대는 소리가 들렸지만 하윤, 유나와 함께 입을 모아 한 번 더 불렀다.

3. 6. 9
유턴금지구역

25러 4952, 맞다.

73노 9513, 아니다.

49바 8549, 맞다.

50허 5294, 아니다.

20서 1023, 아니다.

14호 3214 맞다.

와우! 내가 좋아하는 숫자들이다. 그리고 3의 배수다.

좋아하는 숫자의 배열이구나. 근처에서 처음 보는 차 번호다. 다음에도 볼 수 있을까.

이러다가 7시 26분 용산 급행을 놓칠 것 같다. 걸음을 재촉해 본다. 빨리 걸으면 땀이 나서 싫지만, 26분 차를 놓치고 33분 차를 타게 되면 도착 시간이 20분이나 늦어진다. 전철 시간은 7분 차이인데 승객수와 도착 시간 차이가 심한 건 희한할 따름이다. 첫 직장부터 10여 년간 서울로 직장을 다니면서 생긴 버릇은 전철 시간표를 외우고 같은 시간, 같은 칸에 타는 것이다. 특히 인천에서 서울로 출퇴근하는 사람이라면 누구나 용산행 급행열차 시간표 정도는 외우고 있기 마련이다. 환승하기 편한 칸은 따로 있지만 비교적 사람이 적은 칸, 구석이 좋다. 오늘은 출근길에 본 차 번호가 자꾸 생각난다. 중간에 '호'가 붙었으니 렌터카일까. 흔치 않은 숫자다. 내일도 그 자리에 있을까?

몇 학년 때인지 기억은 안 나지만, 수학 시간 배수에 관해 배운 적이 있다. 아마도 최대공약수, 최소공배수를 배울 때였을 것이다. 어떤 긴 숫자가 2의 배수인지, 3의 배수인지, 4의 배수인지 등을 구분하는 방법을 배웠다. 2의 배수는 맨 끝자리가 짝수면 2의 배수다. 각 자리의 숫자를 더한 값이 3의 배수면 원래 수도 3의 배수다. 4의 배수는 끝 두 자리가 4의 배수여야 한다. 5, 6, 9의 배수 판정법도 기억하고 있다. 그러나 내가 가장 좋아하는 건 3의 배수 판정법이다. 길고 긴 숫자를 다 더한 수가 3의 배수면 그 숫자 전체가 3의 배수가 된다. 왜인지는 모르겠지만 매력적이었다. 20년이 훌쩍 지난 지금도 기억하고 있을 정도니까. 그 방법을 배우고 나서 한참 동안 열자리 이상의 숫자를 무작위로 적고 3의 배수인지 아닌지를 판정법으로 알아보고 실제로 3으로 나눠보곤 했다. 공부가 잘 안되거나 잡생각이 많을 때 연습장에 그렇게 끄적거렸다. 그러다 우연히 주차된 자동차들의 번호판을 보고 번호판 숫자가 3의 배수인지 아닌지 계산하기 시작했다. 물론 모든 번호판을 계산하고 다닌 것은 아니었다. 암산이 그렇게 빠른 편은 아니라 가끔 마음이 복잡하고 생각이 많을 때 산책하거나 퇴근길에 천천히 걸으며 번호판의 숫자를 계산했다. 이제는 굳이 더하지 않아도 숫자들의 구성을 보면 3의 배수인지 아닌지 알 수 있게 되었다. 3은 어느새 내 삶 깊숙이 들어왔다. 같은 물건을 3개씩 사거나 노크는 세 번, 기침도 세 번, 사람과 만날 때도 되도록이면 셋에서, 술도 3잔이나 3캔, 안주도 세 종류 등 내가 통제 가능한 범위 안에서 숫자 3을 지키려는 습관이 생겼다. 어디서 보았는데 이런 걸 강박증이라고 한단다. 문고리를 세 번 돌려서 확인하거나 같은 동작을 세 번 한다거나 하는 것들. 그러나 나는 그 정도까지는 아니라고 부정하며 그냥 자연스럽게 3과 관련된 걸 좋아할 뿐이라고 여겼다.

출근하는 딸에게 잔소리를 퍼부으며 하루를 시작한 엄마 때문에 아침부터 기운이 쫙 빠진 날이었다. 벌써 십 년 넘게 직장 생활을 한 딸에게 아직도 잔소리를 해대는 엄마였다. 내가 어린애냐고 이젠 간섭 좀 그만하라고 소리를 빽 지르고 나왔다. 갱년기인지 엄마 잔소리가 늘고 있다. 마음을 가라앉히려고 번호판들을 계산하며 걷다가 그 번호판을 보았다. 운전면허도 없는 나는 차 주인이 부럽기까지 했다. 자동차 번호는 내가 원하는 숫자를 가질 수 없다는데 렌터카라면 그래도 내가 고를 수도 있지 않을까. 운전면허라는 걸 한 번 따볼까? 14호 3214 차를 몰아보고 싶어졌다. 퇴근길에도 차는 그 자리에 있었다.

다음 날 아침과 저녁, 그다음 날 아침과 저녁에도 차는 같은 자리에 있었다. 출퇴근용이 아닐지도 모른다. 며칠 동안 출퇴근하며 차가 그대로 있는지 살폈다. 와이퍼에 껴 있는 나뭇잎을 빼냈다. 보닛 위에 올라가 있던 먹다 남은 커피 캔을 주워 길에 놓여 있는 쓰레기봉투에 쑤셔 넣었다. 퇴근 시간에 보이지 않는 날도 있었다. 다른 길로 다녀 보지 못한 날도 있었다. 매일 봐야 하는 건 아니었지만 그 자리에 있는 차를 보면 이유를 알 수 없는 안도감이 들었다.

나는 독립하지 못한 채 부모님 집에 살고 있다. 부평역과 부개역 사이 오래된 빌라와 아파트가 경인 국도 양옆으로 늘어져 있는 동네. 추진위원회만 계속 바뀌고 재개발은 10년 넘게 시작도 못 하는 원도심 중의 원도심. 출근을 하려면 부평역으로 가야 한다. 그것도 부평남부역. 남부역으로 가는 길의 경우의 수는 많다. 사거리를 지나 큰 도로를 따라 걷다가 우회전하고 70미터쯤 가면 역이 나온다. 사거리와 역 사이는 많은 골목이 있다. 골목으로 가든 큰길로만 다니든 역은 나온다. 그중에 내가 즐겨 다니는 길은 도로변이 아닌 골목을 계단식으로 타고 가는 것이다. 중간 골목에서 빠져나오면 역으로 가는 벽화길이 나온다. 이 길을 따라 수십 그루의 벚나무를 심어 놓았다. 봄이 되면 벚꽃 길로 변신한다. 매일 이 길로 출퇴근하는 사람은 이 동네에서 가장 먼저 벚꽃을 감상할 수 있다. 밤이 되면 조명을 받은 벚꽃이 전혀 어울리지 않는 벽화를 배경으로 묘한 매력을 뽐낸다. 그래서인지 이 골목은 벚꽃 명소 또는 데이트 코스로도 유명했다.

몇몇 나무는 벌써 만개했다. 주차된 그 차 옆에는 몇 그루 안 되는 수양벚꽃 나무의 늘어진 가지에 활짝 핀

꽃이 촘촘하게 매달려 있었다. 바람이 살랑 불자 벚꽃잎이 흩날렸다. 핸드폰을 꺼내 날리는 꽃잎 사진을 찍었다. 주변을 잠시 두리번거리고 허리를 구부려 자동차 번호판도 찍었다. 진작부터 번호판을 찍고 싶었다. 사진을 찍고 아무렇지 않은 척 앞만 보고 걸었다.

 인천 지사로 삼 개월 동안 파견 근무를 다녀오라는 얘기에 바로 알겠다고 말하지 못했다. 왜 하필 나인가. 본가가 인천이어서였을까. 그게 이유라면 나 말고도 갈 수 있는 사람은 많았다. 팀장은 나를 믿으니까 보내는 거라고 했지만 파견 업무 때문에 승진에서 밀리는 건 아닌지, 사실상 대기발령인 건 아닌지 불안한 건 어쩔 수 없었다. 지사로 발령났던 옆 부서 과장이 본사로 돌아오지 못하고 퇴사한 일이 몇 개월 전에 있었다. 팀장에게 본사 복귀를 보장하는 내용의 문서라도 달라고 했다. 내 걱정과는 달리 팀장은 삼 개월의 파견기간 종료 후 본사 복귀 보장에다 파견비로 기본급의 이십 퍼센트를 더 준다는 계약서를 선선히 내밀었다. 거절할 명분이 없었다. 유류비도 지원해 준다길래 회사차도 한 대 받아왔다. 냉정하게 생각하면 이득인 거래였다. 본가에서 출퇴근을 할 수 있어서 식비도 절감할 수 있기도 하고.

하지만 근무 시작 이 주 만에 지사 근무를 후회했다. 십 년 넘게 떨어져 살다 본가에 들어가서 지내는 게 쉽지 않았다. 삼십 대가 되어 받는 부모님의 잔소리는 예상보다 훨씬 더 짜증스러웠다. 임시로 동료가 된 사람들도 본사에서 온 직원을 달가워하지 않았다. 본사와 지사 사이에 껴서 이도 저도 못하고 스트레스만 받는 상황이 매일 발생했다. 게다가 회사에서 가지고 온 차도 애물단지였다. 부모님 집은 여덟 세대가 사는 빌라인데 주차는 네 대만 가능했다. 하는 수 없이 매번 주차할 곳을 찾아야 했다. 인천 지사는 전철역과 가까워 전철로 가는 게 더 빨랐고 차로 가면 오히려 시간이 더 걸렸다. 외근을 나가야 하는 날이 아니면 전철로 출퇴근하는 게 몸도 마음도 편했다.

며칠 전부터 아침마다 한 여자가 차 앞에서 몇 초 멈추었다가 가는 걸 보았다. 매일 같은 시간에 지나가는 여자였다. 내가 나가는 시간과 비슷하다 보니 매번 여자의 뒤꽁무니를 쫓아가는 격이 되었는데 오늘도 역시나 내 차 앞에서 멈추었다. 핸드폰을 꺼내 벚꽃을 찍는 듯 하더니 갑자기 차 번호를 찍는 게 아니겠는가. 두리번대긴 했지만 나를 발견하진 못한 모양이었다. 여자가 다시 걸어가는 걸 보고 차로 가서 문제가 있는지 살폈다. 별 이상은 없어 보였다. 사진은 좀 아니지 않나 싶어 여자를 따라가 "저기요"하고 불렀다. 듣지 못한 거 같아 한 번 더 불렀지만 반응이 없어서 어깨를 톡톡 쳤다. 여자는 무척 놀란 듯 팔을 휘저으며 돌아섰다. 눈을 동그랗게 뜨고 나를 올려다보고는 에어팟을 빼며 "네?"하고 대답했다.

"아, 실례합니다."

"네?"

"아니, 저... 아까 차 사진을 찍으시는 것 같아서요. 찍으신 차가 제 차거든요. 차에 뭐 문제 있나요? 아니면..."

여자의 얼굴이 이마부터 실시간으로 붉어졌다.

"죄송해요. 차 번호가 제가 좋아하는 숫자 길래 찍은 건데..."

"네? 차 번호요?"

"아, 네. 기분 나쁘셨으면 지울게요."

여자는 주머니에서 핸드폰을 꺼내 내가 볼 수 있게 내밀고 사진첩을 열었다. 나는 아니라고 팔을 저었다. 괜찮다고, 문제없으면 됐다고 말했다. 그냥 궁금해서 물어봤다고 하고는 고개로만 까딱 인사를 하고 차로 돌아왔다. 차 번호가 좋아하는 숫자라니. 숫자가 단순해서 외우기 쉽다고만 생각했었다. 가만 보니 나와 관련 있는 숫자들이었다. 생일이 14일, 사번 뒷자리가 32. 숫자들이야 끼워 맞추기 나름 아닐까. 다시 생각해도 특이한 여자 같았다.

출근해 자리에 앉아 컴퓨터를 켜면서 사번과 비번을 입력하다가 여자가 생각났다. 얼굴이 빨개지면서 에어팟을 쥐고 있던 왼손과 바람이 불어 입가에 붙은 머리카락을 떼며 좋아하는 숫자라고 말하던 입술이. 내 또래인

듯한 여자와 헤어지고 뒤를 돌아봤을 때는 이미 전철역 안으로 사라져 보이지 않았다.

여자는 거의 같은 시간에 같은 길로 걸어왔다. 어디에서 오는지는 모르겠지만 부평역까지는 큰 도로나 다른 골목길로 갈 수도 있을 텐데 이 길로 다니는 것을 선호하는 것 같았다. 여자가 어제 이시간 쯤 저쪽 골목에서 나오는 걸 확인했으니 금방 오겠다 싶어서 기다리고 있었는데 역시나였다. 역으로 가는 사람들이 으레 그러하듯이 무단횡단을 하고 벚꽃 담벼락 길로 건너왔다. 이어폰을 끼고 팔짱을 낀 채 땅을 보며 걷느라 나를 스쳐 지나가면서도 쳐다보지 않았다. 나는 여자 옆으로 다가가 따라 걸었다. 여자는 나란히 걷는 나를 보고는 깜짝 놀라 그날처럼 팔을 휘저으며 걸음을 멈췄다. 이어폰을 빼고 또 올려다봤다.

"저번에 놀라게 한 것 같아서 신경이 쓰였어요. 미안하기도 하고. 회사차라 번호를 유심히 보진 않았는데 그쪽 때문에 알고 보니까 번호가 저랑도 인연이 있더라고요.

제 사번이랑 생일이 번호에 있었어요. 근데 같은 시간에 출근하시는 거 같던데, 몇 번 지나가시는 거 봤거든요. 제가 원래 천안에서 일하는데 여긴 잠깐 일하러 온 거고요. 부모님 집이 이 근처예요. 아... 제가 말이 많았죠? 이거 드세요."

아까 산 캔 커피를 건네며 깔끔하지 못하게 주절거렸다. 여자는 두 손으로 받으며 고맙다고 했다. 인사를 하고 돌아서 차로 걸어갔다. 오늘은 전철로 출근하면서 여자와 역까지 함께 걸어가야지 했는데 왜 돌아섰는지 나도 모르겠다. 차 키를 꺼내려고 주머니에 손을 넣자 명함이 잡혔다. 나는 여자에게 다시 뛰어갔다. 여자는 커피를 두 손으로 꼭 쥐고 역 바로 앞까지 가 있었다. "저기요" 하고 부르니 이번엔 바로 돌아봤다. 명함을 주며 연락 달라고 했다. 여자는 명함을 받아 주머니에 넣고 교통카드를 꺼내 찍고 들어가서는 꾸벅 인사를 했다. 나도 엉거주춤 인사를 하고는 그녀가 계단으로 내려가는 걸 보고 차로 향했다.

◎

남자는 나를 두 번이나 놀라게 했다. 아니 세 번이지. 먼저 내게 말을 걸었던 두 번과 명함을 주면서 세 번째. 낯선 남자가 내게 말을 걸어온 것만으로도 놀라운 일인데, 명함이라니.

커피 잘 마셨다는 문자를 보내어 내 번호를 알려 주었다. 이름과 나이를 알려주고 답장으로 그의 이름과 나이를 받았다. 메시지를 주고받으며 서로에 대한 기본적인 것들을 물어보았다. 명함 속의 남자는 3의 배수 같았다. 휴대폰 번호, 회사 전화번호, 주소들의 숫자들부터 메시지 속 그의 정보들은 3의 배수들로 가득했다. 각각의 정보가 '그'였고 그것들을 모두 합친 것도 '그'였다. 총합은 내가 좋아하는 것으로 가득했다. 좋지 않다고, 별로라고 생각되는 것이 하나도 없었다.

서른여섯이 되도록 만남의 시작은 언제나 나였다. 누가 조금 잘해주면, 조금 호감을 보이면 홀랑 넘어갔다. 이런 걸 '금사빠'라고 한다던가. 맞다. 나는 '금사빠'였고 한 번 빠지면 미친듯이 사랑했다. 고백은 항상 내가 먼저 했고 결정은 상대방에게 떠넘겼다. 내가 좋으면 상대방에게 잘해주고 적극적으로 표현했다. 좋아하면 좋아할수록 전전긍긍하고 사랑을 확인하려 했다. 일어나지 않은 일을 걱정하고 시작과 동시에 헤어지는 날을 상상했다. 물론 초반에는 남자들도 내숭이 없고 화끈한 성격이라고 좋아했다. 고백에 대한 대답은 오케이였지만 오래 가지 못했다. 시간이 지날수록 사랑을 강요당하는 것 같다고 했다. 부담스럽다고도 했다. 나와 헤어질 기회나 핑계를 찾기 시작했다. 일 년 이상 사귄 적도 있었다. 그와 결혼을 꿈꾸며 프러포즈는 언제 할 거냐고 물어봤다가 헤어졌다. 결혼을 전제로 만나는 게 아니었다며 우리의 조건이 맞지 않는다는 말을 끝으로 연락이 끊겼다. 잘 사는 집도 아니고 직장 타이틀이 어디 가서 자랑할 만큼은 아니었지만 그래도 착실하게 직장 생활을 했고 부모님을 부양해야 하는 형편도 아니었다. 이 정도면 그럭저럭 괜찮다고 생각했는데. 하지만 아무것도 약속한 사이가 아니었으므로 탓할 수 없었다. 사랑하니까 보내준다며 쿨한 척했다. 그는 먼저 고백해 온 첫 사람이었다.

◇

 여자의 집은 부모님 집과 그리 멀지 않았다. 굳이 정확히 어디냐고 묻지 않았다. 출근 시간을 조금 앞당겨 역 근처에서 짧은 대화를 나누고 각자의 일터로 향했다. 이십여 분의 대화만으로도 즐거운 하루를 시작할 수 있었다. 여자는 둥글둥글한 성격에 배려가 몸에 익은 사람 같았다. 나이에 비해 순수해 보이는 면도 있었고 동안이었다. 무엇보다 조곤조곤 차분하게 말하는 게 좋았다. 좋아하는 것이 비슷한 게 많았다. 내가 무얼 좋아한다고 말하면 자신도 좋아한다고 했다. 특히 음악이나 음식 취향이 비슷했다. 며칠 동안 좋아하는 노래에 관해 이야기하며, 이어폰을 나눠 끼고 듣기도 하고 노래를 추천해서 듣고 감상을 나누었다. 서로의 플레이리스트를 공유하는 게 이렇게 즐거운 일인지 처음 알았다. 게다가 여자는 리액션도 좋았다. 말할 때마다 흥이 났다. 내가 무슨 말을 하든 초롱초롱한 눈으로 바라봐 주었다. 다른 곳으로 시선을 돌리지 않아 눈이 자주 마주쳤다. 내 얼굴 주변에서 시선이 벗어나지 않았다. 오랜만에 누군가의 시선을 진득하게 느낄 수 있었다. 누군가와의 시작은 이렇게 달콤했었지. 난 그 달콤함에 한껏 취하고 싶었다.

몇 번의 저녁을 먹었다. 나도 여자도 향신료가 많이 들어가거나 간이 센 음식을 좋아하지 않았다. 슴슴하게 나오는 한정식이나 일식이 입에 맞는다고 입을 모아 말했다. 직장인이니 어쩔 수 없이 끌려다니며 입에 맞지 않는 밥을 먹는 게 힘들다고 여자가 말했다. 나 역시 그렇다고 했다. 무난하고 비싸지 않은 메뉴를 골라 밥을 먹고 후식으로 카페에서 한 시간쯤 이야기하다 헤어졌다. 어느 금요일 저녁엔 커피를 테이크아웃을 해 부평 문화의 거리를 걸었다. 길지 않아 천천히 걸어도 십여 분이었기에 지하상가로 내려가 구석구석 더 걸어 다녔다. 고등학교 졸업 이후로 이성과 지하상가를 다닌 적이 있었던가. 새로울 정도까지는 아니었지만 최근 만남 중에서는 가장 신선했다. 열 살은 어려진 기분이었다. 사람이 몰려 있는 가게를 구경하다 여자와 팔이 닿았다. 그래야 할 것 같아서 손을 잡았다. 지하상가를 나와 여자의 집 방향으로 손을 놓지 않고 걸었다. 손에 땀이 났다. 손을 풀고 싶진 않았지만 그렇다고 그 이상을 원하지도 않았다. 여자의 생각은 알 수 없지만 그날의 나는 일단 그랬다.

세 번의 저녁을 먹었다. 양식 한 번, 초밥 한 번, 돈까스 한 번. 초밥을 먹은 날. 그러니까 두 번째 밥을 먹었던 날, 사람들에 밀려 팔이 닿았고 그가 먼저 내 손을 잡았다. 남자와 처음 손을 잡아보는 어린애처럼 가슴이 내내 콩닥거렸다. 깍지는 끼지 않은 손이었지만 그래도 좋았다. 손잡는 것만으로도 이렇게 좋을 일이었나. 그런데 왜 깍지를 끼지 않지? 누가 그랬더라? 손깍지를 끼는 건 '당신과 자고 싶어요' 라는 뜻이라고. 처음이니까 이르다고 생각했을지도 모른다. 아니면 깍지의 의미를 몰랐을지도 모른다. 별 생각을 다 하며 걸었다. 하지만 한참을 걷다 보니 느낄 수 있었다. 손에 땀이 나도 놓지는 않았지만, 그는 내 손을 그냥 잡고만 있다는 것을. 팔짱을 껴야 했을까? 손이 잡혀 있지 않은 왼손으로 그의 팔을 잡고 더 가까이 붙어야 했을까? 아니면 손잡으니 좋다는 말이라도 해야 했을까? 내가 수동적인 사람이라고 느꼈을까? 나이도 먹을 만큼 먹었고 할 거 다 해본 두 남녀가 고작 손잡는 데 이렇게 오래 걸린다는 게 말이 되나? 아니다. 이제 막 손을 잡은 것뿐이지 않은가. 내 생각이 또 혼자 너무 앞서고 있다. 사거리에서 손을 놓고 헤어져 집으로 들어가는 순간까지 좋은 상상을 했다. 침대에 걸터앉아 오른손을 내려다보았다. 그는 당연히 날 좋아하고 있겠지? 손을 잡았잖아. 우리는 이제 앞으로 어떻게 되는 걸까. 뒤로 벌러덩 누웠다. 왼손으로 오른손을 잡고 가슴 위에 올려놓았다. 갑자기 심장이 빨리 뛰었다. 마치 그의 손이 내 가슴 위에 올라온 것 마냥.

일어나자마자 카톡을 열고 '굿모닝'이라고 쓴다. 전철역 앞에서 만나기로 하지 않은 날에는 출근할 때쯤 '굿모닝,

잘 잤어요?' 라는 답장이 온다. 그가 답할 때까지 얌전히 기다린다. 아니, 사실은 숫자 1이 없어지는지 몇 번이고 대화방을 들어가 본다. 매번 이런 식이다. 가끔 내가 답장을 늦게 하는 날에는 그도 내 답을 이렇게 기다리고 있을지 궁금하다. 어떤 대답을 듣든 내가 그의 연락을 목이 빠지게 기다리고 있다는 걸 들키면 안 된다. 그건 자존심이 상한다. 연애에 목말라 있던 사람처럼 보이고 싶지 않다.

손을 잡았다고 호들갑스럽게 다음엔 무엇을 할지 묻지 않았다. 다음은 포옹일지, 가벼운 뽀뽀일지, 키스일지, 잠자리일지. 이 나이에 뭘 그런 걸 묻나. 그런 건 애들이나 기대하고 고대하는 거라고 스스로에게 소리 내어 말한다. 아니다. 일단 다시 만나야 한다. 만나면 그가 어떻게 반응하는지부터 봐야 한다. 그래, 이제 시작이다. 내가 먼저 손을 잡지는 말자고 다짐한다.

손을 잡고 며칠이 지났다. 나도 그도 직장에서 스트레스를 받아 술 한 잔이 고픈 날이었다. 간이 센 음식을 좋아하지 않는 만큼 술도 자주, 많이 마시지 않는 것도 닮은 그와 나였다. 회식을 싫어했고 편하게 생각하는 사람과 간단하게 마시기를 선호했다. 스트레스를 술로 풀진 않았지만 아주 가끔은 그런 시간이 필요하다는 대화를 나눈 적도 있다. 마침 새로 오픈한 일본식 선술집 이야기가 점심시간에 오갔다. 퇴근할 즈음 그가 먼저 술 한잔하지 않겠냐고 물었다. 블로그 리뷰에 올라온 메로구이가 맛있어 보인다는 말과 함께. 나는 흔쾌히 좋다고 했다. 우리는 술집 앞에서 만나기로 했다. 그가 먼저 와 있었다.

어둡게 해 놓은 조명에 좌석마다 나무 칸막이를 해 놓은 내부 인테리어는 내밀한 이야기를 해도 된다고 말하는 듯했다. 새로 생긴 가게라 아직 입소문이 퍼지지 않았는지 저녁 시간임에도 자리는 많았다. 안쪽 자리로 들어가 앉았다. 일부러 보려고 고개를 빼고 두리번대지 않으면 다른 테이블을 쉽게 훔쳐볼 수 없었다. 그게 마음에 들었다. 웅성대는 소리는 들리지만 차분하게 데시벨을 올리지 않고 말하면 다른 사람들이 우리의 대화를 듣지 못할 것 같았다. 음악은 재즈가 나오고 있긴 하지만 대화에 방해가 될 정도는 아니었다. 메로구이와 오뎅탕, 그리고 하이볼을 두 잔 시켰다. 주문하고 그를 보며 피곤해 보인다고 하자 천안 본사에 갔다 왔다는 말을 꺼냈다. 본사에 일이 있었냐는 말에 복귀 날과 인천지사 진행 상황을 보고하고 왔다고 했다. 오랜만에 오래 운전해서 피곤하다며 연신 목을 만지작거렸다. 말하는 사이 하이볼이 먼저 나오고 한소끔 끓은 어묵탕이 미니 버너와 함께 나왔다. 술잔을 부딪치고 한 모금 마시고 앞접시에 꼬치 어묵을 하나씩 가져가 한입 먹는 과정이 마치 여러 번 술자리를 한 사이처럼 매끄러웠다. 등받이에 기댄 채 말하는 중간에 자주 하이볼을 마신 그는 금방 잔을 비웠다. 그가 잔을 비우는 동안 끄덕이거나 짧게 대답하며 나는 테이블에 팔을 얹은 채 그에게서 눈을 떼지 않았다.

그는 다른 걸 마시겠다며 벨을 눌러 점원을 불렀다. 점원은 메로구이를 가지고 왔고 소주병과 잔 두 개도 금방 테이블에 도착했다. 그는 메로구이를 조금 떼어먹고 자신이 언제 메로구이를 처음 먹었는지 이야기하기 시작했다. 소주 두 잔을 비울 때까지. 그리고 소주 세 잔을 비우는 동안에는 참치회가 맛있었던 가게 이야기를. 소주병을 비울 때까지는 서울에 유명한 어묵바에 갔던 이야기를 했다. 다시 소주 한 병이 테이블에 도착했고 다시 두 잔을 비우는 동안 억지로 갔던 회식 자리 이야기를 했다. 그 이야기가 끝날 때쯤에서야 그는 내 하이볼 잔이 비어 있는 걸 발견했다. 더 마시겠냐고 물으며 마실 거면 화장실을 가면서 주문해 주겠다고 했다. 나는 고개를 끄덕였다. 그가 자리에서 일어나고 얼마 안 있어 새 하이볼이 왔다. 잔을 두 손으로 잡았다. 시원했다. 술을 마시면 얼굴부터 몸 여기저기가 빨개지는 나였기에 차가운 잔을 만져 차가워진 손으로 얼굴을 감쌌다. 열기가 조금 가라앉는 듯했다. 얼굴이 얼마나 빨간지 궁금해져 가방에서 거울을 꺼내려고 몸을 돌렸는데 의자에 무게감이 느껴졌다. 그가 내 옆으로 와 앉았다. 내가 몸을 돌려 그를 보자 그는 내 뒷목을 잡아끌고 입을 맞췄다. 몸에 힘을 빼고 그가 하는 대로 두었다. 뽀뽀에 가까운 입맞춤을 하고 잠깐 입술을 뗐다. 그는 나와 눈을 맞추고는 다시 목을 잡아끌었다. 내가 거부하지 않는다는 걸 확인하고 자신의 머리를 15도쯤 기울이고 혀를 내 입속에 넣었다. 술 냄새와 민트 향이 섞인 맛이 났다. 매번 단정하다고 느끼고는 있었는데 이렇게 입속까지 단정한 사람일 줄이야. 혀를 굴리며 그에게 나는 어떤 맛이 날지 궁금했다. 제발 생선 맛보다는 하이볼 위에 떠 있던 레몬 향이 나기를. 내 볼에 쌕쌕 그의 콧바람이 느껴졌다. 그 바람에 내가 숨을 잠시 멈추고 있었다는 걸 깨달았다. 깨달은 순간 답답해져 왔다. 내가 그의 팔을 잡자 그가 입술을 뗐다. 다시 눈이 마주쳤다. 그는 흠흠 하며 목을 가다듬더니 아까 앉았던 건너편 자리로 갔다. 그가 소주잔을 들어 한 입에 털어 넣고 물도 한 모금 마셨다. 나도 하이볼을 한 모금 마셨다. 새로 나온 하이볼을 두 모금 마시고 두 번째 소주는 반 병, 안주도 반을 남겨 놓고 우리는 자리에서 일어났다. 그가 계산하는 동안 나는 먼저 밖으로 나와 시원한 밤공기로 빨갛고 뜨끈해진 얼굴을 식혔다. 그가 나오자마자 내 손을 잡았다. 마침 신호가 바뀐 횡단보도를 그는 성큼성큼 걸어갔고 나는 그의 손이 이끌려 따라갔다. 횡단보도 바로 옆 골목으로 들어갔다. 술집과 모텔이 밀집된 골목이다. 사람이 많이 다니지 않는 골목 안쪽까지 말없이 걸어갔고 그가 한 모텔을 손가락으로 가리켰다. 나는 끄덕였다. 2년 전쯤 사귀었던 남자와 자주 갔던 모텔이었다. 늦은 시간이라 대실은 안 된다고 하여 숙박으로 계산했다. 그사이 리모델링을 했는지 인테리어가 세련되게 바뀌어 있었다.

◇

나는 걸어갔고 여자는 택시를 탔다. 집에 들어가니 12시가 조금 지나 있었다.

◎

그날 이후 이 주 정도 바빴다. 그가 전철로 출근하지 않아 아침 대화를 할 수 없었고 저녁에도 만나지 못했다.

외근 때문이라고 했다. 차가 주차되어 있던 자리에는 다른 차가 있었다. 나를 피하는 게 아닐까 싶었지만 연락은 전과 별 차이는 없었다. 아니, 조금 줄긴 했지만 일이 바빴으니 그 정도는 줄었다고 할 수준은 아니었다. 그래도 출퇴근 시간에 인사했고 점심은 뭘 먹었는지 물었고 자기 전 오늘 하루가 어땠는지 물어왔다. 그가 빼먹는 날에는 내가 물었고 그도 성실히 답장을 보내왔다. 말수가 없는 편이라고 했던, 밖에서 친구를 만나러 다니는 일이 거의 없다고 했던, 전화 통화, 문자 외에는 핸드폰으로 아무것도 하지 않는다는 그였다. 매일 연락을 하고 아침에 내게 시간을 내어 주는 게 고마웠다. 다만, 하필 만나지 못하게 된 타이밍의 문제는 내 머리를 복잡하게 했다. 지난 연애들이 다시 떠올랐다. 나의 적극성에 사귀었다가 몇 번의 잠자리 후 헤어진 남자들. 그중에는 이렇게 잠자리 후 연락이 뜸해지다가 헤어진 적도 있었다. 하나같이 바쁘다는 핑계였다. 친구들에게 고민을 이야기했다가 멍청하고 남자 볼 줄 모른다는 말을 여러 번 들었다.

하긴 그것도 다 이십 대 때 이야기다. 서른이 지나고 그런 적은 없었지만 왠지 옛날 일들이 자꾸 떠오른다. 그에게 물어보고 싶지만 뭐라고 물어야 할지 모르겠다. 아니 물어보면 그가 떠날지도 모른다. 기다려야 한다. 이제 막 시작한 사이니까. 사골도 오래 끓일수록 진하고 맛이 깊어지듯이 사랑도 기다리면 진해지고 깊어질 거라고, 지금은 은근하게 기다릴 때였다. 그에게 나를 맞추고 그가 내게 정들길 기다려야 한다.

나는 가끔 좋아하는 것이 갑자기 생기곤 한다. 좋아하게 된 이유가 뭔지도 모르게 좋아져서 내가 감당할 수 없을 정도의 속도와 강도로 취해버린다. 사람이든 사물이든 행위든 상관없었다. 마치 브레이크가 고장 난 트럭처럼. 그러다 다시 갑자기 이유가 뭔지도 모르게 싫어진다. 브레이크가 걸리면 좋아지던 속도보다 더 빨리 식는다. 급격히 관심이 줄어 눈앞에서 치워 버리고 싶어진다. 싫어지는 시점이 언제인지, 이유는 무엇인지 나도 알 수가 없다. 말 그대로 아무 이유 없이 식어버린다. 그게 물건이라면, 내가 혼자 했던 행동이라면, 가령 스쿼시 같은 운동이라면 아무 문제가 없지만 사람이라면 문제가 생긴다. 좋아서 연락하고 연애를 시작했는데 갑자기 이런 상태가 되면 나부터 골치가 아프다.

그녀가 그렇게 되어버렸다. 어느 순간부터 그렇게 되었는지 기억이 나지 않는다. 말다툼을 한 것도 아니고 싫어하는 행동을 하거나 다른 사람이 눈이 들어온 것도 아니었다. 좋아하는 것을 하는 것보다 싫어하는 것을 하지 않는 것. 여자와 난 그런 면까지 비슷했다. 그녀는 내가 싫어할 만한 행동을 한 적이 없다. 오히려 내게 맞춰주려고 노력하는 게 보였다. 거기에 섹스도 나쁘지는 않았다. 뭐가 문제였을까. 급하게 먹다가 심하게 체한 느낌, 체기가 내려가자 다시는 그 음식을 쳐다보기도 싫어진 상태랄까. 하지만 완전히 끊어 버리기도 뭐한 상황이다. 먼저 다가가가 놓고는 식었으니 그만두자고 할 수도 없다. '먼저'라는 것에는 일종의 책임감이 따라오기 마련이다. 아니,

책임감이 아닐지도 모른다. 전에 사귀었던 여자들과 다른 게 무엇일지 생각해 봤다. 내가 맞추지 않아도 되는 사람. 그 외에 다른 이유는 없었다. 지금 그녀를 치워버리기엔 아쉬웠다. 다시 좋아해 보려고 노력했다. 정말 눈코 뜰 새 없이 바쁜 상황만 아니라면 꼬박꼬박 연락하고 답장을 보냈다. 다정하게 하는 방법은 여전히 모르겠지만 그래도 전과 다르다고 느끼게 만들고 싶지는 않았다.

◎

돈까스를 먹으러 갔다. 그는 조금 지쳐 보였다. 부평역 지하 분수대 앞에서 만나 식당까지 걸어가는 동안 말이 없었다. 이주 만에 만나 반가워 덥석 손을 잡을 뻔한 마음이 민망할 정도였다. 잘 지냈냐는 안부의 말과 가기로 한 식당이 어디인지, 옛날 진선미 예식장 맞은편으로 나가면 되겠다고 말한 게 전부였다. 역에서 빠져나온 사람들이 각자의 출구로 향했기에 우리도 인파에 섞였다. 그는 사람들 사이를 요리조리 잘 피해 걸었다. 내가 잘 따라오는지 살피지 않았다. 전처럼 손을 잡지 않았다. 그는 혼자 급히 어딘가로 가는 사람처럼 계단을 두 개씩 성큼성큼 올라갔다. 평일의 부평 번화가는 사람이 많지 않았는데도 남남처럼 보일 정도의 거리를 두고 걸었다. 평소에 나는 오른쪽으로만 가방을 매지만 그와 손을 잡을지도 모른다는 생각에 왼쪽 어깨로 옮기고 오른편을 비웠다. 일부러 그의 왼편에서 걸었는데 그는 뚜벅뚜벅 걷기만 했다. 식당에 도착해 마주 앉자마자 주문을 했다. 그는 안심 세트를, 나는 등심 세트를 시켰다. 물컵을 만지작거리며 바쁜 일은 끝났냐고 물었다. 그는 대충 정리가 되었지만 다른 프로젝트가 곧 시작된다고 했다. 정신이 좀 없을 것 같다는 말을 덧붙였다. 남자들이 늘 하는 핑계, 직장 일이 바빠졌다는 핑계를 그가, 그가 하고 있다. 섭섭해하는 티를 내고 싶지 않아 나도 바빠졌다고 했다. 야근도 여러 날 했다고, 회사에서는 정신없이 일한다고 말하자마자 지난 며칠 간 칼퇴한다는 메시지를 보낸 날이 많았다는 게 떠올랐다. 그는 내 말에 대꾸하지 않았다. 그저 고개를 끄덕이고 물을 두 잔 연거푸 마시면서 핸드폰을 자꾸 확인했다. 말없이 그의 모습을 바라보기를 몇 분. 각자의 앞에 쟁반이 놓였다. 나는 잘 먹겠다고 말하고 일곱 조각으로 썰어져 나온 두툼한 등심 중 제일 큰 걸 집어 동그랗게 반씩 썰어진 그의 안심 다섯 조각 옆에 올려놓았다. 괜찮다며 다시 내게 주려는 그에게 나는 똑같이 여섯 조각씩 먹자고 말했다. 멈칫하던 그는 내게 주려던 걸 입으로 가져갔다. 맛있다, 고기가 부드럽다는 말 외에는 다른 대화 없이 밥만 먹었다. 십오 분도 걸리지 않았다.

내가 마지막 조각을 입에 넣고 젓가락을 내려놓자 내가 다 먹길 기다리던 그가 말을 꺼냈다. 회사 일 때문에 집에 일찍 들어가야 한다며 커피는 마시지 못할 것 같다고 했다. 대답해야 한다는 걸 알면서도 말이 나오지 않아 고개만 간신히 끄덕였다. 그가 계산서를 들고 일어나는 바람에 물컵을 들었다가 그냥 내려놓고 따라 일어났다. 우리는 같은 버스를 타도 되지만 그러지 않았다. 나는 다른 데 들를 곳이 있다고 말하고 그를 먼저 보냈다.

모르겠다. 만나기 전까지는, 메시지를 나누는 건 이전과 다르지 않았다. 원래도 그렇게 다정하고 섬세한 사람은 아니었지만 오늘은 좀 심하다 싶었다. 정말 바빴을 수도 있다. 식사하면서도 계속 핸드폰을 확인하고 있던 걸로 보아 그럴 가능성이 높다. 바쁘면 그럴 수 있다. 나도 바쁘면 다른 게 눈에 안 들어오니까. 나는 혼자 카페에서 커피를 시켜놓고 앉았다. 한 손에는 언제라도 그의 연락에 바로 답할 수 있게 핸드폰을 들고 있었지만, 그의 연락은 없었다. 한 시간 정도 시간을 보내고 집에 왔다. 다음 날 평소보다 일찍 그의 메시지가 왔다. 어제는 미안했다며 회사에 일이 터져서 그랬다고 했다. 그럼 그렇지. 나는 이해할 수 있었다. 나만 흔들리지 않으면 되는 거다. 만나지 못해도 연락이 끊기진 않았으니까, 매일 메시지를 주고받고 며칠에 한 번씩 짧게나마 통화도 했으니까. 우리의 관계에 진전은 없지만 그렇다고 퇴보도 아니니까. 잠시 멈춰 있을 뿐이라고, 곧 다시 앞으로 나아갈 거라고. 또 혼자 생각했다.

◇

 인천 지사에서의 석 달이 끝이 보인다. 다시 천안 본사로 돌아가야 한다. 여자와의 관계도 회사를 핑계로 정리할 수 있을 것 같다. 퇴근 후에 만나자는 약속을 했다. 부평역과 백운역 사이에 있는 부평 공원에 가자고 했다. 전에 캔맥주를 하나씩 들고 홀짝거리면서 산책을 하자는 이야기를 한 적이 있다. 여자의 답장은 일 분 만에 도착했다.

 역에서 만나 공원까지는 천천히 걸어도 십오 분 정도 걸린다. 초여름 날씨는 낮에는 조금 뜨겁긴 해도 퇴근 즈음에는 아직 선선한 날씨다. 여자의 또각또각 구두 소리가 왠지 귀에 거슬렸다. 공원에는 사람이 제법 많았다. 두세 명씩 모여 팔을 휘저어가며 운동하는 중년 여자들, 저녁 먹고 놀러 나온 듯한 어린이들과 부모, 교복을 입은 학생들, 맥주와 치킨을 들고 돗자리 펼 곳을 찾는 사람들. 일단 한 바퀴 돌자며 걸었다. 천안으로 돌아가게 되었다는 말로 이야기를 시작했다. 부모님 집에는 전처럼 몇 달에 한 번 오게 될 거라고 말했다. 여자는 본사로 가면 일이 많이 바쁜지, 부모님 간섭 안 받아서 마음이 편하긴 하겠다느니, 식사는 어떻게 하는지 등을 물어보고는 잘 되었다고 했다. 진심으로 그렇게 말하는 건지 예의상 하는 말인지 알 수 없었다. 그래도 걱정해 줘서 고맙다고 말하고 한참을 조용히 걷기만 했다. 뭔가 말을 해야겠다 싶기는 했지만 할 말이 떠오르지 않았다. 공원은 보기보다 작아서 금방 한 바퀴를 돌아 처음 들어온 입구에 도착했다. 한 바퀴 더 걷겠냐고 물어보자 여자는 벤치에 잠깐 앉자고 했다. 구두 때문에 발이 아프다고.

공원 입구에서 멀지 않은 곳에 앉아 지나다니는 사람들을 구경했다. 여자에게 하려던 말들은 이미 공원을 걸으며 다 날려버려 기억이 나지 않았다.

"그럼 우리 이제 만나기 힘들겠네요. 하긴 뭐, 사귀는 것도 아니었으니까……."

여자가 먼저 말을 꺼냈다. 나도 모르게 입술을 물었는지 아랫입술이 얼얼했다.

"인천 올라올 때 시간 되면 얼굴이나 한 번씩 봐요. 그건 괜찮죠?"

최대한 밝게 말하려고 노력하는 것이 보였다. 나는 고개만 끄덕였다.

"한 세 달 정도 된 건가? 음... 그래도 좋지 않았어요? 저만 그랬나요?"

"아니에요. 나도 좋았어요. 여기서도 이렇게 바쁠 줄은 몰랐지만..."

솔직히 바쁘긴 했다. 하지만 만나지 못할 정도는 아니었다. 핑계일 뿐이었으니 할 말이 없었다. 눈치 상 여자도 그것이 핑계인 걸 알고 있는 것 같았다.

"아, 배고프다. 이제 집에 가죠."

"택시 타고 갈까요?"

"아니요. 걸어가도 돼요."

여자가 벌떡 일어나 공원 입구로 향했다. 아까 발이 아프다고 앉자던 여자였다. 나는 나란히 걸을 수 없어서 조금 뒤에서 따라 걸었다. 걸음이 무거웠다. 올 때보다 더 오래 걸려 부평역에 도착했고 부평역 광장에서 남부역으로 넘어가 회사 차를 세워뒀던 곳까지 여자의 구두만 보며 걸었다. 왠지 미안하다는 말을 해야 할 것 같아 입을 열려는 찰나에 여자가 획 돌아 나를 쳐다보며 말했다.

"여기서 헤어지면 되겠네요."

여자는 내가 처음 말을 걸었던 곳에 서 있었다.

"좋은 사이가 될 줄 알았는데, 어쩌다 보니 이렇게 됐네요. 그래도 만나는 동안 저한테 잘 해줘서 고마워요."

해야 할 말들이 다시 사라지고 엉뚱한 말을 뱉었다.

"음... 괜찮아요. 전 좋은 결말인 적 없었거든요. 조심해서 내려가세요. 올라오시면 한 번 연락...."

"그럴게요. 내려가서도 연락할 수 있으면 할게요."

"네. 그러세요."

여자는 꾸벅 인사를 하고 돌아서 씩씩하게 걸어갔다. 참 덤덤한 이별이었다. 여자가 골목으로 들어가는 것을 지켜보며 조금 서운하다는 생각이 들었다. 붙잡는다고 잡히지는 않았겠지만 너무 쿨한 거 아닌가 싶었다.

◎

 남자는 알았을까. 우리가 3번의 식사를 했고, 카페를 간 것은 6번, 아침에 만난 건 15번, '우리'라는 단어가 그의 입에서 나온 건 딱 3번뿐이고, 손을 잡은 건 단 한 번이지만 30분 동안 잡았다는 것을. 남자와는 3의 배수로 가득한 만남이었지만 무한으로 이어지지는 않았다. 나는 그가 먼저 마음을 보이기 전까지 꾹 참으며 내 마음을 들키지 않으려 노력했다. 그와의 마지막 산책에서도 담담하게 굴었다. 그에게 매달릴 수도 있었다. 부모님의 집이 이곳이니 그를 한 달에 한두 번 정도는 만날 수 있겠다 싶기도 했다. 아니면, 장거리 연애를 하자고 말할 수도 있었다. 그러나 나는 하지 않았다. 아니 하지 못했다. 남자는 몰랐을 것이다. '연락할 수 있으면'이란 말은 이미 여러 번 들어본 말이었다. 연락하자고 한들 그가 그러자고 했을 것 같지도 않다. 매달리는 여자가 되고 싶지 않았다. 내가 좋아 시작한 사이가 아니기에 더욱 그러고 싶지 않았다.

◇

　다시 여자를 만난 건 3일 후 인천으로 마지막 출근을 하는 날이었다. 인천행 전철을 타러 계단을 올라가다가 계단에서 내려오는 여자를 보았다. 나는 손을 반쯤 올렸다가 황급히 내렸다. 못 본 것 같아서 다행이었다. 여자가 왜 거기서 내려오고 있는지 궁금해하던 찰나 전철이 들어오는 소리에 여자를 지나쳐 뛰어 올라갔다. 플랫폼에 올라서자마자 전철이 도착했다. 의자가 없는 구석에 기대어 창밖을 보니 여자가 서 있었다. 여자와 눈이 마주쳤다. 여자의 코가 빨갛고 눈이 빤짝였다. 어! 하는 순간 전철이 출발했고 여자는 이내 시야에서 사라졌다.

　나는 어쩌자고 여자에게 말을 걸었을까. 어쩌자고 명함을 주었을까. 방금 전 나는 왜 말을 걸지 않았을까. 그렇게 씩씩하게 걸어갔으면서 여자는 왜 지금 저기서 울고 있는 걸까.

　하루 종일 우는 여자의 얼굴이 생각났지만 그날 하루뿐이었다. 본사에 복귀해 보니 자리를 비운 동안 업무가 엄청 밀려 있어서 그걸 처리하느라 정신이 없기도 했고, 운 게 나 때문이 아닐 수도 있지 않나 싶기도 했고. 매일 컴퓨터에 사번을 입력할 때도, 여자가 좋아하는 숫자였다는 회사 차를 반납할 때도, 내 생일이 지날 때도 여자는 떠오르지 않았다. 인천에서의 기억은 인천에 두고 온 듯했다. 그렇게 삼 개월이 지나 일요일 낮, 부모님의 호출로 본가로 향했다. 집으로 가는 전철을 타자마자 크게 소리를 내며 우는 여자를 보게 되었다. 뭐가 그렇게 서러운지 구석 자리에 주저앉아 장난감을 사달라고 떼쓰는 아이 마냥 다리까지 버둥대면서 울고 있었다. 같은 칸에 있던 사람들이 여자를 피해 다른 칸으로 옮겨갔다. 나는 끼고 있던 이어폰의 볼륨을 올리고 부평역에 빨리 도착하기를 바라며 안내방송이 나오는 모니터만 자꾸 쳐다봤다. 그 여자는 송내역에 도착할 때쯤 울음을 멈췄던 것 같다. 부평역에 도착한다는 방송을 듣고 문 앞으로 갔을 때 여자와 눈이 마주쳤다. 코는 빨갛고 눈이 반짝이는, 울기를 멈춘 여자와.

세 달 전 그녀도 나와 헤어지고 어딘가에 주저앉아 엉엉 소리내며 울었을까? 전철에서 내려 아직 지우지 않은 여자의 번호를 찾아 메시지를 보냈다.
 -저 인천 본가에 왔는데 저녁에 커피 한잔할래요?

.

.

96일 만에 그의 이름이 핸드폰에 떴다. 13시 26분에.

한오백년

맑게 갠 날 대청마루 기둥을 잡고 깨금발을 하면 낮은 담장 너머로 바다가 보인다. 담장 너머에는 외가 소유의 밭이 펼쳐져 있고 한쪽에는 과실수가 몇 그루 있었다. 밭두둑에는 늙은 뽕나무가 한 그루가 있는데 엄마가 어렸을 때 자주 올라갔다고 했다. 대문 안으로 들어오면 대청마루의 한 쪽엔 큰 방이 있는데 거긴 외할머니, 외할아버지의 방이고 옆에는 부엌과 욕실이 있다. 반대쪽으로는 작은 방 네 칸이 붙어 있는데 가장 바깥쪽 방은 삼촌이, 그 옆방은 외할아버지의 엄마인 노할머니가, 또 그

옆방은 언니가, 대청마루 바로 옆방은 엄마와 동생이 자는 방이다. 노할머니는 주로 툇마루에 앉아 있었다. 나와 동생은 툇마루를 왔다 갔다 뛰어다니기를 좋아했는데 노할머니가 없을 때만 가능했다. 부엌과 마주 보고 따로 떨어져 있는 건물엔 창고로 쓰는 방이 하나, 뒤편에는 장작을 어른 키만큼, 안방만큼 쌓아도 비에 맞지 않도록 꼼꼼하게 만든 헛간과 화장실이 있다. 마당에 둥그렇게 만들어 놓은 수돗가는 또 다른 부엌이자 욕실이었다. 음식 재료도 씻고 몸도 씻었으니까.

언제까지인지 기억은 안 나지만 내가 있는 동안에는 보일러 없이 군불을 땠다. 매일 아궁이 앞에 쪼그리고 앉아 기다란 막대기로 아궁이 속 불붙은 나무를 헤집는 게 내 취미이자 일과였다. 불장난하면 밤에 오줌 싼다는 잔소리를 들어도 멈출 수가 없었다. 장작이 타는 소리가 좋았고 이글거리는 불꽃을 바라보고 있으면 걱정이 사라졌다.

엄마와 우리 세 자매는 일 년 반 전부터 바로 이 집,

태안 외갓집에 내려와 살고 있다. 우리 집이 망해서 아빠와 떨어져 살게 된 거라고 했다. 아빠가 짓던, 반쯤 올라간 빌라가 무너져 사람 둘이 크게 다쳤다. 아빠가 책임을 져야 했다. 병원비를 대주고 집을 새로 짓는 데 많은 돈이 들었다. 모아두었던 돈을 다 까먹고 여기저기 손을 벌려 돈을 빌려야 했다. 산 지 일 년밖에 안 된 집도 팔았다. 아빠는 큰아빠 집에 신세를 지며 일을 하게 되었고 엄마와 우리만 외갓집으로 내려오게 된 것이다. 외갓집에 내려오면서 언니는 화가 나 있었고 동생은 그냥 신나 있었다. 외갓집에 짐을 내려주고 돌아서 가는 아빠의 뒷모습을 보며 나만 대성통곡했다. 내가 아빠를 많이 따랐기에 아빠를 볼 수 없다는 것에 충격을 받았던 것 같다.

외갓집은 태안에서 오랫동안 큰 방앗간을 했다. 고추를 빻는 시기나 명절 때가 제일 바빴다. 물론 벼농사, 과일 농사도 했다. 옛날엔 사람을 많이 부렸었는데 지금은 대부분을 팔고 식구들 나눠 먹을 정도만 농사를 지었다. 그래도 집에는 항상 뭐가 가득했다. 디귿자 모양의 집은

으리으리한 저택은 아니어도 마당이 넓고 방이 여섯 개나 있어 우리 가족이 내려와 지내기에 충분히 컸다. 외갓집에는 외할아버지, 외할머니와 노할머니, 막내 삼촌이 살았다. 늘 웃는 얼굴인 막내 삼촌은 언니와 열 살 차이밖에 나지 않았다. 같이 살지는 않지만 가까이에 이모 세 명과 삼촌 두 명이 살았다. 이모와 삼촌들은 하루가 멀다고 외갓집을 들락날락했다. 거기다 당숙이니 고모, 고모할머니, 이모할머니, 사촌 누구, 육촌 누구. 무슨 친척이 그리도 많은지. 인천에 살 때 다섯 식구도 많아서 집이 북적북적했는데 외갓집은 더했다. 나는 이모와 삼촌들이 누가 위고 아래인지, 결혼은 했는지, 어떤 일을 하는지, 이름을 외우고 구분하는 데만 한 달이 걸렸다. 그렇게 간신히 외웠는데도 당숙이나 다른 친척의 얼굴과 이름은 자주 까먹었다. 다 고만고만하게 생겨서 헷갈렸다. 시골 사람들은 옷도 비슷하게 입었다. 어른들은 우리만 보면 내가 누구인지 아느냐고 물었다. 동생은 틀려도 어리니까 웃으며 넘어가 주었지만 나는 이제 학교에 들어갔으니 다 컸다며 봐 주지 않았다. 대답을 못 하면 꿀밤을 맞기도 했다. 그럴 때면 언니는 그것도 모르냐며 얄궂은 얼굴로 척척 답했다. 그 어른들은 나를 괴롭히려고 일부러 오는 것 같았다. 가뜩이나 내가 말이 늦어서 어디 모자란 게 아닌가 했던 엄마는 질문을 받을 때마다 얼굴이 빨개지고 울상을 하는 나를 보며 속상해했다. 그래서 엄마는 내게 노할머니 옆에 붙어 있으라고 했다. 집안에 가장 큰 어르신인 노할머니 옆에 붙어 있으면 그나마 질문을 덜 받았다.

노할머니는 올해 84세다. 그게 얼마나 늙은 건지는 잘 모르겠지만 외할머니보다 더 할머니라고 하니까 그런가 보다 한다. 그래도 가끔 보면 외할머니와 노할머니는 나이 차이가 별로 안 나는 것 같기도 하다. 노할머니가 고와서 그런 것 같다. 노할머니의 고향은 태안 앞바다에 있는 신진도라는 섬인데 섬 밖, 태안으로 시집을 왔다고 했다. 3.1운동 이후 일본 순사를 피해 도망다니는 부모님과 헤어져 시골 친척 집에 내려와 있던 남학생이 장에 꽃게를 팔러 나온 노할머니를 보고 반해 연애를 걸었다고 했다. 얼굴이 하얗고 반지르르하며 손은 고왔으며 키가 호리호리하게 커서 배우를 해도 될 것 같은 얼굴의 남학생이었다. 남학생은 부모의 허락도 없이, 혼례식도 없이, 친척의 도움을 받아 노할머니를 섬에서 데리고 나와 살림을 차렸다. 그래도 남학생은 초가집 하나 정도는 마련할 수 있는 돈은 있었나 보다. 뭍으로 나온 노할머니는 지금과는 달리 억척스러웠다고 한다. 5년 동안 네 아이를 낳았다. 아기를 업고 안아가며 안 해본 일이 없었다. 남의 집 농사를 거드는 건 기본이고 잔칫집마다 음식을 하러 다녔고 밤에는 삯바느질을 했고 꽃게 철에는 그물에서 꽃게를 빼가며 사 남매를 키웠다. 그 동안 남학생이 무슨 일을 했는지 나는 들은 게 없다. 막내인 외할아버지가 국민학교를 졸업하던 해에 갑자기 사라졌다고 했다. 노름이나 계집질을 한 건 아니지만, 항상 빳빳하게 다린 남방과 기지바지를 입고 서산을 그렇게 들락날락했단다.

곱상하게 생긴 남학생이 늘 책을 들고 다녔고 학교 선생님들이나 지역 유지들을 만나고 다녀서 사람들은 서울 양반네가 내려왔다고 믿었다. 어쩌다 한 번 노할머니와 함께 있는 걸 본 후 안사람 고생 꽤나 시키겠다고 사람들이 쑥덕였다고 한다.

지금의 노할머니의 모습을 본다면 꽃게 그물을 만지고 있는 게 상상이 되지 않는다. 노할머니는 어깨보다 조금 더 내려오는 흰머리를 곱게 빗어 앞이마의 한가운데를 갈라 귀 뒤로 넘겨 쪽지고 옥색 짧은 비녀를 꽂았다. 일 년 내내 같은 머리를 했는데 잠자리에 들 때면 비녀를 빼고 다시 참빗으로 머리를 빗어 한쪽으로 넘기고 자리에 누웠다. 뒤척이면서 자는 걸 본 적이 없고 누웠던 그대로 아침에 일어났다. 곱게 빗은 머리만큼 고운 빛깔의 미색이나 은은한 보랏빛이 도는 저고리와 발목이 보일랑 말랑할 정도의 치마를 입었다. 그 모습은 언제 봐도 단아했다. 동네 사람들도 노할머니를 볼 때마다 단아하다고 입을 모았다. 나에게는 '단아하다'라는 단어가 곧 노할머니였다. 큰 소리를 내거나 싫은 소리를 하는 모습도 본 적이 없다. 국을 떠서 후루룩하고 마시는 소리조차 들어본 적이 없고 깍두기를 아삭하고 씹는 소리도 들어보지 못했다. 가끔 사탕을 깨물어서 오도독하는 소리를 들어본 적은 있는 것 같다.

새벽 동이 트기도 전에 일어나서 머리를 쪽지고 마당을 쓸면서 노할머니의 하루가 시작된다. 마당 쓰는 소리에 외할아버지, 외할머니가 일어나곤 했다. 아침을 먹고 나면 툇마루를 매일 꼼꼼하게 닦으시고는 어디서 그렇게 많이 나오는지 보퉁이 한가득 바느질거리를 들고나와 당신이 오전 내내 반질반질하게 닦은 툇마루에 앉아 저녁 먹기 전까지 느릿느릿 바느질했다. 젊은 시절 삯바느질로 방앗간을 세웠다는 노할머니는 아직도 손에서 일감을 놓지 못하는 것 같았다.

처음에 외할머니가 노할머니를 싫어했었다는 말을 들었을 때, 그러니까 외할아버지와 외할머니가 결혼하고 방앗간이 자리를 잡을 때까지 노할머니의 잔소리와 시집살이가 만만치 않았다고 했을 때 나는 그럴 리 없다고 생각했었다. 어떻게 노할머니 같은 사람이 다른 사람을 괴롭힐 수 있냐고. 나이를 먹고 외할머니가 얼마나 힘들었는지 조금은 알게된 뒤에도, 나는 노할머니 편이었다. 노할머니가 그렇게 했기 때문에 외할아버지도, 외할아버지의 형제들도, 그리고 엄마를 포함한 육 남매까지 살아남을 수 있었던 것 아닐까? 노할머니도 외할머니를 괴롭히고 싶어서 괴롭힌 것은 아닐 것이다.

태안에 있는 학교는 야트막한 산을 돌아서 가야 했다. 버스는 두 시간에 한 대뿐인데, 그나마도 어른들의 출근 시간에 맞춰 운행하고 있어서 우리는 이용할 수가 없었다. 가끔 등교할 때는 삼촌의 트럭을 타기도 했고, 하교할 때는 읍내에 볼일을 돌아오는 동네 어르신의 경운기 뒤에 앉아서 오는 날도 있기는 했지만 대개는 걸어 다녔다. 언니를 잘 따라 가면 30분이면 갈 수 있었다. 3월 한 달은 언니도 나를 잘 데리고 다녔다. 언니는 고학년이라

나보다 항상 늦게 끝났기 때문에 학교 운동장이나 교실에서 기다렸다가 같이 집에 왔다. 어느 날 언니가 혼자 다닐 수 있는지 물었고 나는 얼떨결에 고개를 끄덕였다. 이후로 집에서는 같이 나왔지만 언니는 쌩하고 가버렸다. 고개는 끄덕였지만 겁이 나는 건 어쩔 수 없었다. 양철 필통이 요란한 소리가 날 정도로 뛰어가도 언니의 걸음을 따라잡을 수 없었다. 며칠은 언니의 작아진 뒷모습을 간신히 따라갔지만 금방 다리가 아파왔다. 그렇게 언니를 쫓아가면 아픈 것도 문제지만, 뾰족하게 깎아서 담아 두었던 연필들이 학교에 도착해 꺼내 보면 죄다 부러져 있었다. 삼각형 모양의 연필심이 필통 안에서 돌아다녔다. 이럴 바엔 언니 없이 다니는 게 나았다. 언니와 같이 오지 않은 첫 날, 골목 앞에 나와 있는 노할머니와 마주쳤다. 할머니는 놀란 얼굴로 나를 내려다보았다. 그날 언니는 엄마한테 대차게 혼났다. 등교는 같이, 하교는 따로. 엄마와 언니는 그렇게 합의를 봤지만 언니는 집이 안 보이자 또다시 쌩 하니 가버렸다. 그 다음날 노할머니는 내게 몇 시에 끝나고 어디로 걸어오는지 물었다. 짧은 바늘이 12와 1 사이, 긴 바늘이 6에 있을 때 끝나지만 청소를 마치고 나면 긴 바늘이 12에 가고 짧은 바늘이 1에 있다고 대답했다. 그 후로 매일은 아니었지만 날씨가 괜찮으면 노할머니는 야산이 시작되는 길목에 나와 있었다. 어디서 났는지는 모르지만 투명 봉지에 든 하얀 바탕에 노란 줄무늬가 있는 눈깔사탕을 내밀고 검지를 입에 댔다. 나는 얼른 봉지를 까 입에 넣었다. 봉지는 할머니가 가지고 갔다. 할머니는 뒷짐을 지고 나는 실내화 주머니를 앞뒤로 흔들면서 할머니의 속도에 맞춰 걸었다. 집까지 걸어가는 내내 1교시부터 하교 때까지 일을 조잘조잘 쉬지 않고 말했다. 집에 가는 그 짧은 거리에 노할머니에게 미주알고주알 다 말하고 나니 집에 가서 엄마가 이것저것 물어보면 귀찮았다. 똑같은 얘기를 다시 하기 싫었다. 다 먹지 못한 사탕을 들킬까 봐 어쩔 수 없기도 했고. 노할머니와 달리 엄마나 외할머니는 뭐 배웠냐, 배운 거 말해봐라, 이해했냐 같은 질문을 매일 했기 때문이다.

노할머니처럼 별말 없이 듣기만 했다면 다 말했을 텐데.

그래도 학교가 그나마 재미있었다. 학교 말고는 심심했다. 시골에서 내가 할 수 있는 게 뭐가 있겠는가. 학교는 집에서 40분 거리였고 학교 주변은 온통 산뿐이고 그 흔한 문방구도 없어서 공책 하나, 지우개 하나 내 마음대로 살 수도 없었다. 이놈의 시골은 할 수 있는 게 아무것도 없었다. 그나마 재미있는 게 있다면 장날이었다. 처음엔 시장이 별 건가 싶었다. 뭣 모르고 따라갔다가 많은 사람들 때문에 엄마를 잃어버릴 뻔했고 짐을 들고 다니느라 팔만 아팠다. 한동안은 언니와 동생만 따라다니고 나는 집에 남았다. 그러다 날이 따뜻해지고부터 노할머니도 간간히 장에 갔는데 나는 그때만 따라나섰다. 노할머니를 따라 가면 짐도 안 들어도 되고 바쁘게 이집 저집 다니지 않아서 좋았다. 할머니는 내 손을 꼭 잡고 한가한 길로만 다녔고, 내 발길을 멈추게 하는 걸 기억해 두었다가 돌아오는 길에 하나씩 사주곤 했다. 그것도 우리 둘만의 비밀이었다. 눈깔사탕처럼.

그날의 장터는 더 밝고 더 명랑하고 더 활기찼다. 오일장은 항상 명랑하고 활기차지만 단오를 앞둔 그 날은 유달리 더 시끄러웠다. 각설이들의 화장은 평소보다 배는 진한 것 같았고 엿장수는 양 손에 든 가위를 한 순간도 쉬지 않았다. 심지어 개장수가 상자에 담아온 강아지들도 악에 받쳐 짖는 듯 했다. 우리는 삼촌의 트럭을 타고 왔는데 외할머니가 사 오라고 한 게 많았다. 노할머니가 삼촌과 따로 간다고 헤어지길래 나는 냉큼 할머니에게 붙었다. 노할머니 저고리는 맑은 햇살에 유난히 반짝였다. 더운지 이마에 땀이 송글송글 맺혔지만 걸음은 언제나처럼 우아했다. 할머니를 놓칠세라 꼭 잡은 내 손은 걸을 때마다 할머니의 한복 치마를 스쳤다. 사락사락 소리를 내는 치마가 보드라웠다. 치마처럼 할머니의 손등도 보드라워서 나만 잡았으면 좋겠다고 생각했다.

할머니는 팔에 나를 매단 상태로 포목점을 제일 먼저 들렀다. 할머니는 꼼꼼하게 천과 실을 골랐다. 이미 오래 우리 할머니를 알아온 포목점 사장은 알아서 값을 깎아 주었다. 할머니는 원래대로 받으라며 몇천 원을 더 주려했지만, 그 돈은 결국 내게로 왔다. 포목점 사장은 할머니와 함께 다니는 내가 기특하다며 막대 사탕을 하나 주었다. 나는 꾸벅 인사를 하고 할머니에게 까달라고 했다. 막대 사탕의 포장은 쉽게 벗겨지지 않았다. 할머니의 치마를 잡고 초조하게 사탕을 기다린 나는 포목점을 나와 열 걸음도 넘게 걸은 후에야 먹을 수 있었다. 사탕을 입에 넣고 쪽쪽 빨기 시작하자 할머니는 내게 손을 내밀었다. 천과 실을 샀던 봉투를 내게서 찾는 것이었다. 사탕을 문 채 우뚝 서서 눈만 껌뻑이는 나를 보고 할머니는 아이고야, 탄식을 흘리고는 다시 되돌아가자고 했다. 다시 포목점에 도착했을 때 가게 앞에는 낯선 할아버지, 아줌마, 남자아이가 서 있었다. 사장은 여자 손님과 이야기 중이었다. 할머니는 가게 안으로 들어가 사장 아저씨에게서 봉투를 받아서 나오다가 앞에 있던 할아버지와 부딪힐뻔 했다. 할아버지를 피해 옆으로 빠져나오던 할머니가 갑자기 멈춰 섰다. 포목점의 좁은 입구에 할머니와 할아버지가 마주 서서 눈싸움이라도 하는 것 같았다. 할머니가 한 손을 가슴으로 올려 저고리를 움켜잡았다. 내가 할머니를 부르자 화들짝 놀라고는 고개를 한 번 까딱하고 내게로 왔다. 할머니는 내 손을 잡아채서는 아까 왔던 길로 빠르게 걸어가기 시작했다. 나는 할머니를 쫓아가려다 발이 꼬여 그만 넘어지고 말았다. 악 소리를 내며 앞으로 넘어지자 할머니도 휘청했다. 주저앉아 무릎을 보니 점, 점, 점으로 피가 조금씩 나려고 했다. 내가 울지 말지 고민하고 있는데 할아버지가 어느새 다가와 쪼그리고 앉아 손수건을 무릎에 대주었다. 나는 할아버지와 할머니를 번갈아 쳐다봤다. 할머니는 굳어 있었다. 할아버지는 내 옆구리에 손을 넣어 일으켜 세웠다. 울지 말라고 말하며 머리를 쓰다듬어주고는 내 손이 아니라 할머니 손을 잡았다.

"오래되어 만나도 모를 줄 알았는데 이렇게 보니 바로 알아보겠네."

"… 네."

"살아있었네. 살아있었어."

"… 네. 살아있지요"

"그래. 살아있었구먼."

"네. 살아계셨네요."

할머니는 얼굴을 들지도 않고 손만 잡힌 채 서 있었다. 할아버지는 고개를 빳빳하게 들고 할머니를 쳐다봤다. 나는 처음 보는 사람이 할머니 손을 잡으니 갑자기 겁이 났는데 할머니가 가만히 있는 것이 더 겁이나 두 사람을 번갈아 보며 눈치를 살폈다. 할머니 얼굴이 점점 빨개졌다. 나는 '무궁화꽃이 피었습니다'를 할 때 술래에게 잡혀 손가락을 걸고 있는 아이를 구하듯이 손날을 세워 맞잡은 손을 내리쳤다. 손이 풀리며 두 사람은 휘청했다. 나는 할머니의 허리를 안고 할아버지를 째려봤다.

"허허, 손녀딸인가?"

"증손녀지요. 제 나이가 몇인데… "

"아, 그렇구먼. 증손녀지. 그치. 증손녀. 니 이름이 무어냐?"

내가 눈을 흘기며 쳐다만 보고 있자 할머니는 내 등을 쓸면서 대신 대답했다.

"선영이어요. 해야지."

할머니의 목소리에도 내가 꿈쩍하지 않자, 할아버지는 손바닥을 치며 말했다.

"그래. 너 팥빙수 먹지 않으런? 할애비가 사 줄게. 응?"

"아니에요. 그러지 마세요."

"왜 그러는가. 우리 얘기 좀 해야 하지 않겠는가."

"뭔 헐 얘기가 있다고… ."

"마침 목도 마르고, 저기 앞에 다방 있던데 같이 감세. 아도 뭘 좀 먹여야 하지 않겠나, 가세나."

이렇게 말하며 할아버지는 가게 앞에 서있는 아줌마와 남자애에게 고갯짓을 했다. 할아버지는 아줌마에게 작게 뭐라 말하고는 다시 할머니의 손을 덥석 잡으며 앞으로 걸었다. 나는 할머니의 다른 쪽 손에 잡혀 끌려갔다. 뒤로는 아줌마와 남자애가 손을 잡고 따라왔다. 할머니가 손을 어찌나 세게 잡았는지 아프다고 말하려다 말았다. 할머니의 손은 너무 뜨거웠고 덜덜 떨리고 있었다.

 다방은 처음이었다. 말로만 들어본 다방을 이렇게 와 볼 줄은 몰랐다. 신기해서 두리번대다가 의자에 걸려 또 넘어질 뻔했는데 이번엔 남자애가 내 팔을 잡아주어서 넘어지지 않았다. 손이 하얬다.

 할아버지와 할머니, 아줌마는 한 테이블에 앉아 차를 시켰고 나와 남자애는 따로 앉았는데 정말로 팥빙수를 시켜주었다. 내 얼굴만 한 그릇에 간 얼음과 팥, 젤리, 콩가루, 떡이 예쁘게 올라가 있었다. 나는 팥과 젤리, 얼음을 따로따로 떠서 먹었다. 그러자 남자애는 그렇게 먹는 거 아니라며 마구 섞었다. 형형색색 예쁘게 올라가 있던 것들이 한데 섞이며 우중충한 색으로 바뀌었다. 다 섞은 빙수를 숟가락 가득 퍼서 나한테 내밀었다. 나는 울상이 돼서 내가 먹겠다고 하며 구정물 같은 팥빙수를 떠서 입에 넣었다. 생각보다 맛있어서 놀랐다. 내가 울상을 짓다 얼굴이 펴지는 걸 본 남자애는 환하게 웃었는데 이도 하얬다. 하루 세 번 양치를 꼬박꼬박하는 아이인가 보다 했다. 그 애를 보면서 예전에 들었던 노할머니의 곱상했다는 남학생이 떠올랐다. 어째 옆에 있는 할아버지와 닮은 듯도 했다.

정신없이 팥빙수를 먹느라 할머니가 있는 테이블에서 무슨 이야기가 오갔는지 듣지 못했다. 세 사람이 조용히 조곤조곤 얘기해서 안들린 것 같았다. 그릇에 팥만 몇 알 남았을 때 고개를 돌리자 할아버지는 할머니를 빤히 쳐다보고 있었고 할머니는 두 손으로 잡고 있는 잔을 내려다보고 있었다. 내가 다 먹었다고 말하자 할머니는 자리에서 벌떡 일어났다. 할아버지와 아줌마가 따라 일어났다. 할머니는 인사를 꾸벅하고는 또 내 손을 낚아채서 잡고 다방을 나갔다. 잠시 두리번거리던 할머니는 시장을 가득 메운 사람들을 요리조리 피해 아까 삼촌과 헤어졌던 곳을 찾아갔다. 어찌나 빠르던지 나는 거의 뛰다시피 했다. 삼촌은 우리를 발견하고는 놀라서 뛰어왔다. 도대체 어디 있었느냐고 한참 기다렸다고. 할머니는 집에 가자고 했다. 삼촌은 아무것도 안 샀냐고 왜 빈손이냐고 물었지만 할머니는 듣지 못한 것 같았다. 또 어디에 봉투를 두고 왔던 것이다. 내가 어깨를 으쓱하자 삼촌은 입을 다물고 할머니와 내가 트럭에 올라탈 수 있도록 도왔다.

그날 저녁 엄마가 불러서 건넌방으로 넘어가니 노할머니를 뺀 모든 식구가 모여 나를 기다리고 있었다. 방에 들어가자 일제히 나를 쳐다봤다. 엄마는 노할머니가 그랬듯 한 손 검지를 입에 대고 다른 손으로는 빨리 앉으라고 손을 까딱였다. 내가 자리에 앉자 얼굴들이 일제히 내 얼굴 앞으로 모였다. 엄마가 작은 목소리로 물었다.

"너! 시장 가서 뭐 했어? 할머니랑 뭐 하고 왔어?"

"할머니 왜 암것도 안 사 오셨냐? 아무것도 안 들고 오셨는데 왜 늦었어?"

내가 눈만 껌뻑거리고 있자 엄마가 허벅지를 꼬집었다. 나는 아랑곳하지 않고 팔짱을 끼고 눈알을 굴렸다. 엄마가 다시 한 번 허벅지를 툭 쳤다. 나는 인심 쓰는 척 한숨을 쉬고 대답했다.

"할머니한테 팥빙수 먹고 싶다고 했더니 할머니가 사 줬어."

"잉? 그게 다여?"

"응. 할머니 실 사고 나서 내가 졸라서 갔어. 아, 실이 랑 천 산 거 안 가지고 왔네?"

"너 거짓말하면 혼난다. 진짜 그게 다야?"

"응."

나는 나오지도 않는 하품을 하면서 방을 나왔다. 노할머니가 검지를 입술에 대지 않았지만 할아버지나 아줌마, 하얀 남자애 얘기도 하지 않았다. 그냥 그래야 할 것 같았다. 내가 사실대로 말하면 할머니가 울 것 같아서. 포목점에서 할아버지의 손에 잡혀가는 할머니는 슬퍼 보였으니까. 엄마나 외할머니는 슬퍼도 되지만 왠지 노할머니는 슬퍼지면 안 될 것 같았다. 슬퍼지기 시작하면 영영 슬퍼질 것 같으니까. 영영 슬퍼지면 할머니는 감당하지 못할 것 같으니까. 다음 날 삼촌은 할머니가 포목점 앞에 떨어뜨린 봉투를 가져왔다.

장날의 여파로 단잠을 자고 아침에 일어나다가 팔에 뭔가가 걸리는 느낌이 들어 눈을 떠보니 노할머니가 누워 있었다. 나는 놀라서 벌떡 일어나 할머니를 내려다보았다가 시계를 봤다. 이 시간에 누워 계시다니. 이건 말도 안 되는 일이다. 나보다 늦게 일어나는 할머니는 처음 보았다. 나는 할머니의 가슴을 숨죽이고 쳐다봤다. 얕게 가슴이 오르락내리락했다. 가슴에 손을 얹고 휴 하고 숨을 몰아쉬었다. 이불 소리가 나지 않게 옆으로 치우고 일어나 뒤꿈치를 들고 살금살금 창호지 문을 열고 나갔다. 문을 닫기 전에 할머니가 아직 자고 있는지 확인했다. 툇마루를 다다다 뛰어 엄마가 있는 옆옆방에 가서 문을 벌컥 열고 노할머니가 이상하다고 소리쳤다. 엄마는 그런 날도 있지 하면서 대수롭지 않아 했다. 이제 막 잠에서 깬 동생이 언니 때문에 시끄러워서 못 자겠다고 베개를 던졌다. 엄마도 내가 소리질러서 할머니도 깨셨겠다며 학교 갈 준비나 하라면서 이불을 개다 말고 등을 한 대 때렸다. 동생과 베개로 투닥거리다 마지막으로 동생 머리에

명중시키고 도망치듯 방을 나오다가 노할머니와 부딪칠 뻔했다. 할머니는 그새 단아하게 단장을 하고 부엌으로 걸어가고 있었다.

그때쯤부터 노할머니가 길목에 나오지 않았다. 눈깔사탕도 안 줬다. 새벽에 일어나지 않았고 마당도 쓸지 않고 바느질도 거의 안 했다. 머리가 헝클어진 채로 일어나 멍하니 앉아 있다가 나를 깨웠다. 외할머니와 엄마는 좋아했다. 나이도 있고 눈도 안 좋아지니 바느질 좀 그만하시라고 자주 이야기했었으니까. 그래도 나는 걱정이 됐다. 언젠가 엄마가 사람은 안 하던 짓 하면 죽는 거라고 했던 말이 생각났다. 게다가 며칠 전부터는 밤에 일어나 앉아 흥얼거리기까지 했고 일어나야 할 시간에는 잠을 잤다. 덩달아 나도 늦잠을 잤다. 노망이 든 거 아니냐고 엄마에게 말했다가 그런 말은 어디서 들었냐며 등짝을 되게 맞았다. 언니가 했던 말을 따라 한 거라고 하려다가 언니한테도 맞을까 봐 하지 않았다. 다른 사람보다도 나는 노할머니의 변화가 신경이 쓰였다. 한 번도 흐트러진 모습을 본 적이 없었으니까. 갑자기 변하는 건 좋지 않은 거라는 걸 외갓집으로 내려오면서 알게 되었다. 다섯 식구가 같이 살지 않는다는 것의 의미를, 변화가 늘 좋은 것만은 아니라는 것을 그 나이에 이미 어렴풋이 알고 있었던 것 같다. 다 합치면 몇십 명이나 되는 친척들 중에 유독 노할머니를 좋아했던 건 할머니가 한결같아서였는지도 모르겠다.

장에 다녀오고 일주일쯤 지났을까. 집에 노할머니와 나만 남아 있던 날이었다. 당시에 전화를 놓은 집이 드물었던 때였는데도 방앗간을 하는 외갓집에는 진작에 전화가 있었다. 빨간색의 네모난 전화기였는데 다이얼을 돌리는 게 아니라 무려 버튼식 전화기. 작년에 우리가 외가로 내려왔을 때 아빠가 사 온 전화기였다. 아빠는 일주일에 한두 번 전화를 걸어왔다. 수화기를 돌려가며 세 자매는 아빠의 목소리를 들었다. 엄마는 조용한 목소리로 아빠와 한참을 이야기하곤 했다. 아빠는 주로 저녁 늦게 전화를 했기 때문에 낮에 오는 전화는 거의 방앗간 일 때문에 오는 전화였다. 누가 받든 내용만 정확히 전달만 하면 되어서 나도 가끔 전화를 받곤 했다.

노할머니는 방에 계셨고 나는 마루에 나와 종이 인형을 자르던 중에 전화벨이 울렸다. 나는 목소리를 가다듬고 전화기 옆 볼펜을 들고 메모지에 적을 준비를 하고 전화를 받았다.

"여보세요."

"……"

"여보세요?"

"아, 실례지만 거기 김순애 씨 계십니까?"

"네? 누구요?"

"김. 순. 애. 씨요."

"어? 그런 사람 없는데요?"

"거기 전화번호가 00-0000 아닙니까?"

"맞는데요."

"그럼 거기 장수 방앗간 집 아니에요?"

"방앗간은 맞는데 김순애는 없는데요?"

"어? 맞는데. 정말 없습니까?"

"없다니까요. 할아버지. 참 내."

김순애 씨를 찾는 할아버지의 전화였다. 당황한 기색이 역력했지만 우리 집엔 그런 사람은 없었다. 나는 없다는 말을 한 번 더 또박또박 말하고 전화를 끊었다. 나는 전화 때문에 내려 놓았던 종이 인형을 다시 자르려는데 또 전화벨이 울렸다. 목소리를 큼큼 가다듬고 다시 전화를 받았다.

"아까 전화했던 사람인데 장수 방앗간 집 할머니가 김순애 씨일 텐데 지금 안 계시다는 거냐 아니면 거기 안 사신다는 거냐?"

"그런 사람 모른다니까요? 제가 김수내가 누군지 어떻게 알아요?"

"어른 안 계시냐?"

"노할머니 계신데 지금 방에 있어요."

"그럼 할머니 바꿔 주겠니?"

"아 참 내."

나는 노할머니가 계신 방으로 가 빼꼼 문을 열어보았는데 할머니는 이마에 팔을 얹고 누워있었다. 조용히 문을 닫고 마루로 돌아왔다.

"할머니 자요."

"다른 어른 안 계시냐?"

"네."

"언제 들어오시냐?"

"몰라요. 그걸 내가 어떻게 알아요."

"고놈 참 퉁명스럽기는. 혹시 할머니는 못 깨우겠냐?"

"할머니 잠 못 잤어요. 깨우면 안 돼요."

"그러냐……"

할아버지가 어쩐다, 어쩌지 같은 말을 계속해서 전화를 끊을 수 없었다. 나는 엄마가 그러듯이 어깨에 수화기를 놓고 메모지에 '김수내'라고 쓰고 있는데 외할머니가 마당으로 들어오는 게 보였다.

"할머니, 전화."

"뭐여, 뭔 전환디?"

"몰라, 자꾸 누구 찾아."

"누굴 찾아?"

"김수내 찾는데? 김수내가 누구야?"

"응? 누굴 찾는다고? 인 줘봐."

할머니는 손에 들고 있던 검은 봉지를 마루에 올려놓고 걸터앉아 수화기를 건네받았다. 나는 옆으로 비켜 앉아서 수화기에 귀를 갖다 댔다. 할머니는 어깨를 으쓱하며 저리 가라고 손짓했다. 나는 무릎으로 기어가서 할머니가 내려놓은 검은 봉지 두 개를 뒤적거렸다. 봉지 하나에는 어디서 따왔는지 받아왔는지 살구랑 자두가 있었고 다른 봉지에는 내가 처음 보는 것들이 들어 있었다. 자두를 하나 꺼내 할머니의 어깨를 툭툭 건드리자 자두를 가져가 손으로 문질러 닦고 다시 주었다. 자두를 한입 베어 물자 과즙이 주룩 흘렀다. 눈을 찡그리며 자두를 씹는 나를 지켜보면서 할머니는 말없이 전화기를 계속 들고 고개를 끄덕이고 있었다. 내가 자두를 다 먹을 때까지 할머니는 네, 네, 그럼요, 알겠습니다, 이런 말만 했다. 이번엔 살구를 먹어볼까 싶어 봉지를 뒤적이고 있으려니 할머니는 그제야 전화를 끊었다. 전화기 위에 얌전하게 올라가 있는 빨간 수화기를 한 번 쳐다보고 물었다. 김수내가 누구냐고. 할머니는 노할머니 이름이라고 했다. 나는 "진짜?? 라고 소리를 질렀다. 외할머니는 고개를 끄덕였고 나는 눈이 커진 채 가만히 있었다.

"근데 할아버지는 누군데 노할머니 이름을 알아?"

"있어. 그런 사람."

"그런 사람이 누군데? 할머니?"

"넌 몰라도 돼. 살구 지금 먹으련?"

"응. 씻어줘."

"씻어주세요 해야지 너는 왜 맨날 그르냐. 학교에서 안 배웠냐? 어른 이름 말할 때는 김자 순자 애자 라고 해야지. 버릇없이."

"아, 김수내가 아니라 김순애였어? 아 참. 김자 순자 애자였어요?"

외할머니는 평소엔 아무 말 없다가 꼭 기분이 좋지 않으면 존댓말을 안 한다고 구박을 했다. 김순애를 찾는 전화가 어떤 전화인지는 모르지만 외할머니를 기분 나쁘게 한 게 분명했다. 그 할아버지 때문에 나만 혼나는 것 같아 미웠다. 간식 달라고 하긴 글렀다. 외할머니는 살구와 자두를 씻어 채반에 건지고 살구 하나를 내게 주고는 노할머니 방으로 들어갔다. 노할머니를 깨우는 소리가 들렸다. 나는 귀를 쫑긋 세우고 종이 인형을 천천히 오렸다. 다 오리도록 두 할머니는 나오지 않았다. 차가운 마루에 벌러덩 누워 있다가 까무룩 잠이 들었다. 잠에서 깨었을 때는 외할머니는 부엌에서 뭔가를 하고 있었고 노할머니는 전처럼 방 앞에 앉아 바느질 중이었다. 나는 눈을 비비며 일어나 노할머니 무릎에 머리를 대고 다시 누웠다. 할머니를 올려다보며 물었다.

"할머니 이름이 김순애 예요?"

"응? 아, 그려."

"아 맞다. 김자 순자 애자예요?"

"호호, 그려 김자 순자 애자여."

"이름이 이쁘네요?"

"그려? 호호."

"근데 아까 어떤 할아버지가 자꾸 김순애 찾았어요."

"응. 들었다."

"그 할아버지 알아요?"

"너두 봤어. 팥빙수 사준 할아버지."

나는 벌떡 일어나 눈을 동그랗게 뜨고 할머니를 쳐다봤다. 할머니는 미소를 짓고 고개를 끄덕였다. 나는 손을 모아 할머니 귀에 대고 말했다.

"할머니, 그때 그 할아버지 만났다고 엄마랑 외할머니한테 말 안 했거든요. 그냥 할머니한테 팥빙수 사달라고 했다고 했거든요. 그거 우리 비밀 아니었어요?"

할머니는 고개를 돌려 내 얼굴에 닿을랑 말랑 하게 가까이하고는 괜찮다고 했다. 난 다시 속삭였다.

"근데 그 할아버지 어떻게 전화번호 알았대요? 이상한 할아버지 아니에요?"

"이상한 사람 아녀. 그리고 이제 비밀 아녀."

"왜요? 저 말 안 했는데요? 저 아니에요. 저 한마디도 안 했어요."

"알어. 말 안 한 거 알어."

내가 입을 삐죽거리자 바느질하던 걸 내려놓고 양 손으로 내 볼을 쓰다듬으며 내가 말 안 한 거 안다고, 울 애기가 얘기 안 한 거 안다고 계속 말해주었다. 나는 한숨을 내쉬었고 할머니는 작게 웃었다.

"가끔 비밀이 비밀이 아닌 게 되기도 혀. 그건 누구 잘못도 아녀. 특히! 너 같은 아이들 잘못이 아녀. 비밀 만드는 어른들 잘못이지. 울 애기 잘못이 아녀."

이렇게 말해주니 진짜 내 잘못은 아니라는 건 알겠지만 왜 어른 잘못이라는 건지는 이해하지 못했다. 그럼 노할머니 잘못일까. 할머니도 그냥 끌려가서 다방에 간 것뿐인데. 그럼 그 할아버지의 잘못일까. 할아버지는 나한테 팥빙수를 사준 것밖에는 없는데. 모르겠다. 엄마, 아빠 일도 이해 못 하는데 외할머니도 아니고 더더 나이 많은 노할머니를 이해할 수 있을 리가 없다. 그저 할머니가 오늘은 웃었다는 데에 조금 안심이 됐을 뿐이었다.

그리고 그날 저녁 아빠에게서 전화가 왔다. 늘 그랬듯 우리는 돌아가면서 아빠와 통화를 했다. 언니는 학교에서 쪽지 시험 본 이야기를 했고 동생은 피부병 때문에 병원에 다니는 이야기며 무슨 반찬을 먹었는지 같은 사소한 것을 쫑알거렸다. 나는 옆에 아무도 오지 못하게 하고 노할머니와 어떤 할아버지가 만났고 그 할아버지가 팥빙수를 사주었다고 이야기했다. 하얀 남자애와 같이 먹었다는 건 말하지 않았다. 엄마한테 비밀이라고, 절대 말하지 말라고 하고 엄마에게 수화기를 넘겼다.

다음 날 노할머니는 학교 앞에서 나를 기다리고 있었다. 나는 운동장을 반쯤 지나서 할머니를 발견하고 교문으로 힘차게 달려갔다. 할머니 앞에 서서 무슨 일 있냐고 물어봤다. 할머니 대신 트럭 앞에서 담배를 태우던 삼촌이 장에 갔다가 오는 길이라고 했다. 언니는 언제 끝나느냐고 할머니가 물었지만 모른다고 했다. 차는 출발했고 구불구불한 산길을 지나 집에 도착하기까지 할머니와 삼촌은 아무 말도 하지 않았다. 덩달아 나도 입을 꾹 닫고 눈치를 살폈다. 차에서 내려 짐이라도 하나 들까 하고 기다리는데 삼촌도 할머니도 빈손으로 집으로 들어갔다. 나는 얼른 뒤따라가면서 삼촌의 등을 쳤다. 삼촌이 돌아보자 장에서 뭘 사 왔냐고 물었다. 삼촌은 어깨를 으쓱하며 뭐 사러 간 거 아니라고 했다. 나는 그럼 뭘 했냐고, 아무것도 안 사는데 할머니는 왜 갔다고 꼬치꼬치 물었지만 삼촌은 대답없이 수돗가에서 손을 씻었다. 내가 들어오는 걸 본 외할머니가 가방 내려놓고 손부터 씻으라고 다그쳤다. 가방을 마루에 던지고 삼촌 옆에 바짝 붙어 고무호스에 나오는 물을 가로채며 다시 물었다. 장에서 뭐하고 왔냐고. 삼촌은 꼬맹이는 알 거 없다며 손에 있는 물을 튕겼다. 나는 피하려다가 엉덩방아를 찧었고 엉덩이는 금세 젖어버렸다.

"삼촌!"

버럭 소리를 질렀다. 외할머니는 또 나만 야단쳤다. 옷도 버리고 삼촌한테 말버릇이 뭐냐고. 곧장 방으로 들어간 노할머니는 방문을 열어보지도 않고 내 편도 들어주지 않았다. 나는 엉덩이를 털며 엄마 방으로 들어가 옷을 갈아입고 엉덩이에 동그라미 두 개가 생긴 바지를 벗어서 방문 앞에 휙 던지고 벌러덩 누웠다. 이게 다 삼촌 탓인데! 밖에서는 외할머니가 가방도 안 챙기고 신발도 아무렇게나 벗었다고 지지배가 할머니 믿고 버릇이 없어졌다고, 언니를 조금만 닮았으면 오죽 좋냐고, 동생보다 못하다고 온 집안이 울리도록 큰 소리로 말했다. 나는 귀를 막고 옆으로 누워 눈을 감았다. 평소와 다르지 않은 외할머니의 잔소리, 평소에도 물을 튕기는 장난을 하는 삼촌, 걸어서 오지 않아도 되었던 하굣길. 특별한 건 딱히 없는 날이었지만 나는 괜히 짜증이 났다. 장에 같이 안 가서였을까? 노할머니가 웃으며 내 편을 들어주지 않아서일까? 내가 모르는 어른들의 일을 알고 싶어서일까? 나는 골이 나서 노할머니 방으로 가지 않기로 마음먹고 몸을 말았다. 아, 호돌이 그리기 숙제가 해야 하는데. 지금 나가서 가방을 가지고 들어올 수는 없는데. 이런 생각을 하다가 잠이 들었다.

 누군가 흥얼거리는 소리에 잠이 깼다. 눈을 껌벅거리며 귀를 기울였다. 문을 빼꼼 열어 보니 노할머니가 마루에 앉아 바느질하고 있었다. 한쪽 무릎을 세우고 몸을 앞뒤로 흔들며 흔들거리는 박자와는 상관없이 흥얼거리고 있었다. 방문턱을 기어넘어 할머니 앞에 엎드려 누웠다. 할머니는 나를 한 번 쳐다보고는 다시 바늘을 잡고 담장 너머에 있는 뽕나무 쪽을 멍하니 보면서 몸을 앞뒤로 흔들며 중얼거렸다. 노래를 부르는 듯 혼잣말을 하는 듯. 가만히 들어봤다. 어디선가 많이 들어본 노래였다. 다시 귀를 쫑긋 세우고 들어보았다.

 "아무렴~엄. 그렇지이 이, 그렇고 마알고오오오. 한오백년 살자아는데에에 웬 서엉화아야. 음음~음. 으응~~"

 나는 벌떡 일어나 무릎을 꿇고 앉아 할머니 얼굴에 내 얼굴을 바싹 대고 말했다.

"할머니, 그 노래 한오백년 아니예요? 나 그 노래 알아요."

"그려? 이 노래 제목이 한오백년이여?"

"한 많은 이세사아아앙 야속하안 니임아~ 이렇게 부르는 거 아니예요?"

"그려. 맞어."

"아아, 할머니 맨날 이거 부른 거였어요? 난 또 뭐 부르나 했네. 아빠가 그거 자주 불렀어요."

그렇게 말하고는 다시 누웠다. 할머니는 그런 나를 내려다보고 머리를 쓰다듬으며 한오백년을 또 흥얼거렸다. 살랑살랑 바람은 불어왔고 할머니의 흥얼대는 소리는 자장가처럼 달콤했다. 스르륵 감기는 눈을 억지로 뜨려고 치켜뜨다가 할머니의 얼굴을 보게 되었다. 웃는 건지 우는 건지 입꼬리는 올라갔는데 눈은 반짝이더니 또르르 한 방울의 눈물이 떨어졌다. 나는 못 본 척 하품을 하며 눈을 감았다. 졸음이 달아났지만 자는 척하고 귀로는 모든 소리를 들으려 노력했다. 얼마 안 있어 "나 왔다"라며 다다다 뛰어오는 동생의 발소리에 눈도 번쩍, 몸도 번쩍 일으켰다. 피부병 때문에 병원에 갔던 동생과 엄마가 돌아온 것이다. 엄마는 내가 몸을 일으키는 걸 발견하고는 무슨 애가 맨날 낮잠을 그렇게 자느냐고 또 잔소리했다. 동생은 엄마를 흉내 내며 손가락질했다. 나는 안 잤다고 눈만 감고 있었다고 말하려다 노할머니의 눈치를 한 번 살피고 그냥 입을 열지 않았다. 마루에 있던 가방을 챙겨 작은 책상이 있는 언니 방으로 들어갔다.

며칠 뒤, 넉 달 만에 아빠가 외갓집에 왔다. 아빠는 두 손 가득 뭔가를 사 들고 왔다. 아빠가 올 때마다 눈을 흘겼던 외할머니는 봉지를 받아 들고 목소리가 한껏 올라가서는 뭘 그렇게 사 왔냐며 좋아했다. 묵직한 봉지 하나에는 돼지고기가 가득 들어 있었다. 과자가 한 봉지 가득, 양말이며 속옷이 한 봉지, 학용품이 한 봉지. 그 밖에도 이것저것 많은 봉지가 있었지만 내 눈을 사로잡은 건 바나나가 들어 있는 봉지였다. 어른도 아이도 모두

"우와" 하고 소리를 질렀고 아빠는 어깨를 으쓱했다. 아빠는 바나나를 하나씩 뜯어 나누어 주고 우리 거는 다시 가져가 껍질을 까주었다. 엄마도 외할머니도 외할아버지도 노할머니도 삼촌도, 우리 세 자매도 그 자리에서 하나를 뚝딱 해치웠다. 아빠가 왔지만 처음으로 웃을 수 있는 날이 될 것만 같았다.

아빠가 사 온 돼지고기로 정말로 오랜만에 양껏 배불리 고기다운 고기를 먹을 수 있겠다 싶었다. 바닷가에 위치한 외갓집이었기에 육고기보다 물고기를 많이 먹어 고기가 고프던 차였다. 마당 평상에 저녁상을 봤다. 옆에 구멍이 뚫린 드럼통에 나무를 넣고 불을 때고 솥뚜껑을 얹었다. 솥뚜껑에 고기를 굽는 것도 아빠 몫이었고 잘 구워 적당한 크기로 잘라 접시에 올려주는 것도 아빠가 했다. 고기를 굽고 자르며 아빠의 어깨는 한껏 올라가 있었다. 예전의 아빠가 돌아온 느낌이었다.

아이들이 얼추 다 먹고 자리에서 일어나자 어른들의 시간이 돌아왔다. 삼촌이 부엌에서 소주 여러 병과 잔을 가지고 나왔다. 노할머니는 먼저 들어간다며 방으로 들어갔다. 남은 어른들은 유리컵에 소주를 조금씩 따라 마셨다. 언니도 방에 들어갔고 나와 동생은 마당에 피웠던 장작불 앞에 쪼그리고 앉아 긴 나뭇가지로 쿡쿡 쑤시며 놀았다. 두 번째 소주를 따고 나자 아빠의 목소리가 커졌다. 혀가 꼬인 말투로 요즘 얼마나 열심히 일하고 있는지 아느냐며 주머니에서 봉투를 꺼내 외할아버지 손에 쥐여 주었다. 할아버지는 아빠에게 도로 주며 모아서 살 집이나 구하라고 하자 아빠는 다시 손을 밀며 받으시라고 큰 소리쳤다. 아빠는 손으로 가슴을 퉁퉁 치면서 이 정도 일로 무너질 사람이 아니라고 팔을 휘저으며 말했다. 언니가 학교 웅변대회에 나간다고 했을 때 팔을 쭉쭉 뻗으면서 말해야 한다고 했던 것처럼. 아빠는 조만간 식구들을 데리러 올 수 있을 것 같다고 했다. 공사가 곧 끝나는데 대금을 받으면 전세방 정도는 얻을 수 있을 것 같다고, 가을에는 다 같이 살 수 있다고. 외할머니는 눈물을 훔치며 고생 많았다며 아빠의 손을 꼭 잡았다. 아빠 전화가 올 때마다 엄마와 싸우던 외할머니였다. 옆에서 엄마도 눈물을 훔치고 있었다. 아빠는 할머니에게서 손을 빼 엄마의 어깨를 토닥이며 고생 많았다고 말하며 눈이 빨개지고 울먹울먹했다. 아빠는 코를 훌쩍이며 괜히 우리에게 불장난하면 밤에 오줌 싼다고 으름장을 놓았다. 동생이 벌떡 일어나 엄마 무릎에 가 앉았다. 나도 따라 일어나 쭈뼛대고 서 있자 아빠가 나를 번쩍 안아 올렸다. 많이 커서 이젠 무겁다며 한 바퀴 빙글 돌려주고 내려놓았다. 좀 더 안겨 있고 싶었지만 아빠에게서 술 냄새가 너무 났다. 나는 수돗가에서 손을 씻고 엄마와 동생이 자는 방으로 갔다. 오늘은 아빠가 이 방에서 잘 것이다. 방에는 이미 이불이 깔려 있었다. 제일 안쪽 자리에 누웠다. 배도 부르고 불장난을 했더니 몸도 따뜻해졌고 이불은 푹신했다. 금방 잠이 들었다.

정말 불장난을 해서 그랬을까, 오줌이 마려워 잠에서 깼는데 엄마와 아빠가 조용히 이야기하고 있었다. 방에 불을 꺼져 있었지만 마루에 불은 켜져 있어서 두 사람이 마주 앉아 있는 게 보였다.

"그래서, 집은 주안동으로 가면 될 거 같아."

"그래요. 그건 당신이 알아서 해요."

"근데, 선영이가 얘기한 거 뭐야? 할머니가 누굴 만났다고 한 얘기."

"아, 그거? 쟤랑 장날 나갔다가 할아버지를 만났대."

"할아버지? 무슨 할아버지? 연애하셔?"

"아니, 무슨 연애야 연애는. 내 친할아버지. 아빠가 어렸을 때 없어졌다던 그 친할아버지."

"뭐? 죽은 거 아니었어?"

"아니래. 서울로 올라갔었대. 올라가서 부모님 모시고 내려오려고 했는데 그게 잘 안됐다나 봐. 뭐 잘 안된 건지 안 한 건지는 모르겠지만. 여하튼 간에 그러고 해방되고 내려왔는데 할머니를 못 찾았다데. 근데 말이 안 되는 게, 왜 못 찾았을까? 그냥 하는 말인가 싶기도 하고."

"그래서?"

"전쟁 나고. 부산까지 내려갔다가 올라왔다네. 그래도 있는 집 자식이라 전쟁 통에 부모님 돌아가셨는데도 서울에 정착해서 살았다지. 친척들하고도 거의 연락이 끊겨서 학교 선생님 하다가 늦장가를 한 번 더 가셨데. 아니, 이 말을 할머니한테 아무렇지 않게 하더라네."

"두 분이 만나서 그런 얘기를 다 하신 거야?"

"장날 만나서는 별 얘기 안 했다던데, 나중에 어떻게 알았는가 집으로 전화가 왔더라고. 한 번 볼 수 있겠냐고. 쟤가 전화 받았던 거 엄마가 다시 받아서 할머니한테 얘기하고. 그러고 막내가 시내에 모시고 나갔다 왔어. 막내가 말 안 하려고 하는 거 꼬드겨서 물어보고 들은 거야."

"따로 만나셨다고? 오. 그래서?"

"그래서는 뭘 그래서야. 처음 만났을 때, 그날 장날에 본 게 한 사십여 년 만인데 두 분이 알아보시더래. 신기하지? 여기 살던 친척이랑 연락이 돼서 한 번 내려왔대. 그날 만나신 거야. 이런 우연이 있냐고."

"그러게. 어떻게 알아봤을까."

"하나도 안 변하고 나이만 들었다고 둘이 그러고 얘기하더래. 막내 하는 말이. 새로 장가가서 딸만 하나 낳고 마누라는 아파서 죽은 지 오래됐고, 딸이랑 손주 데리고 장날 나왔다가 딱 마주친 거지."

나는 거기까지 듣고 그 하얀 남자애가 할아버지의 손주냐고 물어보고 싶어 몸이 들썩거렸다. 도대체 관계가 어떻게 된다는 건지 알 수가 없었다. 그래서 노할머니와 할아버지가 부부라는 건지, 그냥 할아버지라는 건지 헷갈렸다. 그저 사십 년 만에 만나서 알아볼 수 있다는 게 신기했다. 태안 내려온 지 네 달 만에 난 친구 얼굴도 가물가물한데 사십 년이라니. 엄마와 아빠 나이를 헤아려 봐도 계산이 되지 않는 숫자였다.

나는 더 이상 참지 못하고 벌떡 일어났다. 엄마는 깜짝 놀라며 왜 일어났냐고 했다. 나는 말할 정신도 없이 화장실로 뛰어갔다. 시원하게 오줌은 누고 나와 엄마, 아빠가 있는 방이 아닌 노할머니 방으로 갔다. 원래 내가 자는 방이기도 했고 늦은 밤인데 불이 켜져 있어서였다. 방에 들어가 보니 할머니가 반닫이 앞에 앉아 무언가를 집중해서 보고 있었다. 내가 들어오는 소리도 듣지 못한 듯했다. 할머니 옆에 조금 떨어져 앉았다. 나는 고개를 쭉 빼고 할머니 손에 들려 있는 게 뭔지 알아내려고 했다. 인기척을 느꼈는지 할머니가 고개를 돌려 나를 발견하고는 깜짝 놀랬다.

"할머니 뭐 보고 있어요?"

"응? 안 잤어?"

"할머니는 왜 안 자고 있어요? 뭐 보고 있어요?"

"으응, 아녀 아무것도 아녀."

할머니는 들고 있던 종이를 손으로 가렸지만 나는 알아볼 수 있었다. 그 할아버지 사진이라는 것을. 빛이 바래서 선명하게 보이지는 않았지만 분명 젊은 할아버지의 사진이었다. 할머니는 누레진 봉투에 사진을 넣고 조금 열려 있던 반닫이 제일 아래 서랍에 쏙 집어넣고는 서랍을 세게 닫았다. 전에도 할머니는 서랍을 열어 여러 개의

봉투를 꺼내놓곤 했다. 누가 봐도 오래된 봉투에는 여러 장의 편지가 들어 있었다. 할머니가 편지들을 꺼내 읽는 걸 본 적이 있었다. 할머니들 중에는 글씨를 모르는 사람도 많다던데 노할머니나 외할머니는 까막눈이 아니었고 시골집의 다락방에는 세로로 써진 책들도 많았다. 일본어로 된 책도 있었는데 그때는 그게 일본어인 줄도 몰랐다. 노할머니는 다락방의 책도 아주 가끔 꺼내 와, 읽지는 않고 쓰다듬기만 했었다. 무슨 책이냐 물어도 옛날 책이라고만 했던 할머니였다. 책에 대해서도, 편지에 대해서도, 오늘 본 사진에 대해서도 더 이상 물어보지 않고 자리에 누웠다. 할머니도 불을 끄고 나와 마주 보고 누웠다. 잠시 시간이 지나자 할머니의 얼굴이 어른어른하게 보였다. 할머니는 눈을 감고 있지는 않았지만 나를 보고 있지도 않았다. 나는 가만히 물었다.

"할머니, 많이 보고 싶었어요?"

"…응?"

"사실 나 아빠 디게 많이 보고 싶었어요. 근데 말한

적 없어요. 말하면 엄마가 슬플까 봐. 외할머니는 맨날 아빠 욕하고, 엄마는 그래서 외할머니랑 싸우고. 언니는 아빠가 안 보고 싶은가 봐요. 아빠 얘기 꺼내면 화내요."

"그랬어? 우리 애기. 아빠가 보고 싶었구나. 할미한테 얘기하지 그랬어."

"근데, 보고 싶다고 말하면 안 되는 줄 알았어요. 나는... 아빠랑 이렇게 조금 떨어져 있었는데도 보고 싶은데, 할머니는 어떻게 그래요?"

"뭐를 말이냐?"

"사십 년이면 엄청 오래된 거 아니에요?"

할머니는 대답 없이 내 등을 토닥였다. 입술 근처에 주름이 깊어졌다. 대답을 기다리며 할머니의 얼굴을 한참 살폈다. 그날 지긋이 할머니를 쳐다보던 할아버지의 눈빛, 이도 손도 하얗던 남자애와 먹었던 팥빙수를 떠올렸다. 할아버지를 닮은 듯 안 닮았던 그 아이는 오히려 노할머니를 닮았던 것 같았다. 눈가와 입가가 특히. 아니다. 안 닮았다. 이런 생각들을 하다 잠이 들었다.

어스름밤이 물러가고 푸른빛이 어린 새벽에 마당 쓰는 소리에 잠에서 깼다. 오랜만에 듣는 노할머니의 마당 쓰는 소리였다. 나는 갑자기 배가 부글거리는 걸 느끼고 급하게 일어나 화장실로 가다가 부엌에서 엄마와 외할머니가 나누는 대화를 듣게 되었다.

"엄마, 그래서 할머니 어떻게 하기로 했대요?"

"뭘 어떻게 해. 어떡하긴. 호적이 어떻게 됐는가 모르겠지만서도 이미 남인 걸."

"그런가?"

"어머님이 이미 옛날에 없는 사람 치자고 했다는데 그렇게 해야지."

"근데 아부지는 한 번 만나봐야 하지 않겠어?"

"야, 말도 꺼내지 말어. 니 아부지한테 말 한 번 꺼냈다가 쫓겨날 뻔했어."

"왜? 아부지가 왜?"

"야, 질색팔색을 혀. 어머님 고생시켰다고. 야, 아부지한테는 다시 만난 거 비밀이여. 난리나, 난리."

"알았어요."

나는 그제야 정리가 되는 것 같았다. 그 할아버지는 외할아버지의 아빠였구나 하고 고개를 끄덕이다가 배를 잡고 화장실로 뛰어갔다. 나는 화장실에 쪼그리고 앉아 '아무렴, 그렇지, 그렇고말고'를 부르며 힘을 주었다.

이제 나는 혼자서도 학교를 잘 다닌다. 가끔 삼촌이 차로 태워다 주고 어떤 날은 노할머니가 마중을 나와 눈깔사탕을 주는 날도 있다. 물론 엄마에게 들켜 혼나긴 했지만. 언니를 좀 닮아보라던 외할머니의 잔소리는 여름방학이 시작되면서 쏙 들어갔다. 방학하던 날 받아온 성적표에 언니와 달리 '수' 말고 다른 글자는 없었기 때문이다. 나는 방학을 아주 즐겁고 편하게 보낼 수 있었다. 그리고 또 하나, 우리는 인천으로 돌아갈 수 있게 되었다. 아빠는 가을에 전셋집을 구할 수 있을 거라는 약속을 지켰다. 그새 친해진 친구가 몇 명 있어서 전학 가는 게 좀 슬프긴 했지만 그래도 나는 우리 집이 다시 생겨 다섯 식구가 다 같이 살 수 있게 되었다는 것이 너무 좋았다. 이런 일들 외에 여름방학이 끝날 때까지 별일은 없었다. 노할머니는 예전 노할머니로 돌아왔고 할아버지는 다시 보지 못했다. 아무도 할아버지 이야기를 하지 않았다. 노할머니와 할아버지가 만나지 않아서인지 외할머니가 없는 사람 치자고 해서 그런 건지는 모르겠다.

개학하기 전날 아빠가 내려와 짐을 싣고 갔다. 다 같이 올라가려고 했는데 언니가 학교 친구들에게 인사를 하고 가겠다고 고집을 부려 개학식 날만 등교하고 전학 처리를 하기로 했다. 방학 숙제를 열심히 한 나는 숙제 자랑을 하고 싶어서 그렇게 한다고 했다.

개학식을 하고 교실에 들어와 방학 숙제를 내고 나니 2교시가 끝이 났다. 개학하는 날이라 3교시만 하고 집에 보내준다고 했는데 3교시가 시작하는 종이 울리고 선생님과 한 학생이 들어왔다. 팥빙수를 같이 먹었던 하얀 남자애였다. 이번에 서울에서 전학 온 학생이라고 남자애를 소개했다. 나는 너무 놀라 입을 벌린 채 나를 알아봐

달라고 고개를 쭉 빼고 몸을 흔들었다. 남자애는 나를 보지 못하고 빈자리에 가서 앉았다. 선생님은 자리에 앉는 걸 확인하고는 내 이름을 부르며 앞으로 나오라고 했다. 전학을 가게 되었으니 친구들에게 마지막 인사를 하라고. 나는 앞으로 나가 잘 있으라는 말을 하며 그 애를 쳐다봤다. 그제야 나를 알아봤는지 하얀 이를 보이며 웃었다. 자리로 돌아가며 3교시가 끝나면 그 애에게 제일 먼저 가서 누구랑 내려왔냐고 물어봐야겠다고 생각했다. 갑자기 여기서 계속 살고 싶어졌다.

하여가

나와 그 애의 이름은 촌스럽다면 촌스러운 영희와 순이였다. 우리는 중학교 입학하는 날 처음 만났고 짝꿍이 되었다.

3월 2일, 신입생은 8시 40분까지 가배정된 반으로 등교해야 했다. 나는 30분 일찍 '1-마반'이라고 쓰여 있는 교실에 들어가 뒤에서 두 번째 자리에 앉았다. 맨 뒷자리는 좀 그렇고. 나는 교과서로 가득한 가방을 책상 위에 올려놓고 교실을 두리번거렸다. 이곳이 내가 한 해를 지내게 될 곳일까. 가뜩이나 교복이 처음이라 어색한데,

난로가 꺼져있는 교실은 두꺼운 커피색 스타킹을 신고 속바지를 입었는데도 추웠다. 이가 덜덜 떨렸다. 교실 문이 열리는 소리가 들리면 혹시나 아는 애가 들어오진 않을까 쳐다봤다. 8시 30분이 지나자 서너 명의 아이들이 한꺼번에 들어왔고 그 애들도 아는 얼굴이 있는지 찾고 반가워하거나 조용히 자리에 앉았다. 점점 교실은 시끌시끌해지는데 이 중 누가 나와 친구가 될지 걱정이 되기 시작했다. 그런 생각을 하고 있을 때 옆자리에 나보다 키가 크고 마르고 쇼트커트를 한 애가 거의 비어 있는 가방을 책상 위에 툭 던져놓고 앉았다. 빈자리가 많았는데도 굳이 내 옆에 앉는 건 뭔지 하며 괜히 어깨를 으쓱하고 귀를 만지작거리면서 곁눈질로 그 애를 살폈다. 교복은 새 것의 티가 나지 않았고 꾀죄죄한 실내화를 꺾어 신고 있었다. 실내화를 왜 새로 사지 않았을까 하는 생각을 하고 있을 때 눈앞에 손 하나가 불쑥 들어왔다. 고개를 들어보니 국민학교 때 옆 옆 반에 있던 진경이가 대각선 앞자리에 앉아서 내 얼굴 앞에 손을 흔들고 있었다. 나를 먼저 알아봐 주고 알은 채 해주는 게 고마워서 내가 할 수 있는 한 가장 밝게 웃어 주었다.

"아는 애 없으면 어떻게 하나 했네."

"나도 나도. 니네 반 애 없어?"

"친한 애들은 다 다른 반이야. 이따 놀러 가려고. 넌?"

"난 아예 다른 학교. 이번에 뺑뺑이 이상했나 봐. 일부러 떼어 놓은 거 같다니까."

나와 진경이의 이야기는 중학생의 가방은 무겁다느니, 날이 춥다느니, 교복 어디 브랜드로 샀느냐 같은 중학생스러운 주제로 흘렀다. 옆에 앉아 있던 애는 이맛살을 찌푸리면서 교복 재킷 주머니에 손을 찔러 넣고 엉덩이는 앞으로 쭉 빼고 의자에 기대서 눈을 감고 있었다. 진경이도 나도 얘기하는 도중에 한 번씩 눈을 굴려 그 애 눈치를 봤다.

이야깃거리가 떨어져서 잠깐 말이 끊겼을 때 여자선생님 한 분이 교실 앞문에 반만 들어와서는 운동장에서 입학식을 할 예정이니 가방은 그대로 두고 나가라고 했다.

아이들은 웅성거리면서 아는 사이끼리 교실 밖으로 나갔다. 아홉 시가 넘어서야 전교생이 학년 반 별로 두 줄로 정렬했다. 국기에 대한 경례, 애국가 제창을 시작으로 입학식은 사십 분이나 진행되었다. 3월의 날씨는 한겨울만큼은 아니었지만 운동장에 모인 학생들과 입학식을 보러 온 학부형들은 몸을 웅크리고 있거나 발을 동동거리면서 그 시간을 버텼다. 언제나 그렇듯 눈치 없는 교장 선생님은 추위라고는 모르는 사람처럼 훈화 말씀을 이십 분이나 했다. 재학생 대표의 인사, 신입생 대표의 선서, 상장을 몇 개 주었고, 내빈 소개도 있었다. 중학교 입학식이 뭐 그렇게 대단한 거라고 무슨 상인회 회장이라는 사람이 여럿 와 있었다. 아마도 그 사람이 장학금을 얼마 정도 주고 있기 때문일 것이다. 그리고 아직 외우지도 못한 교가 제창을 마지막으로 입학식이 끝났지만 3학년부터 반별로 들어가라는 멘트와 함께 라데츠키 행진곡이 울려 퍼졌다. 우리 반은 행진곡이 세 번째 다시 울리기 시작할 때쯤 되어서야 들어갈 수 있었다.

복도에 들어서자 '1-마'라고 붙어 있던 종이는 떼어져 교실 문에 붙어 있었고 '1-4'라는 표시판이 드러나 그제야 내가 몇 반인지 알 수 있었다. 난 가방을 올려두었던 자리를 찾아가 앉았다. 옆자리의 애도 따라 들어와 앉았고 추웠는지 발을 동동 굴렀다.

시작 종인지 끝 종인지 모를 종소리가 울렸다. 웅성대는 소리를 뚫고 아까 그 선생님이 출석부를 들고 들어왔다. 순식간에 조용해진 교실을 선생님은 천천히 둘러보고는 칠판에 '이경은 국어'라고 적었다. 한 해 동안 잘해 보자는 말과 오늘 수업을 간략하게 설명했다. 그리고 임시 시간표와 신입생이 준비해야 할 것들이 적힌 가정통신문 몇 장을 나눠 주었다. 거기엔 부모님이 적어 주셔야 할 내용도 있었다. 담임은 우리 반에 배구부 선수가 세 명 있다면서 내 뒷자리에 두 명과 옆 분단에 한 명을 가리켰다. 어쩐지 키가 너무 커서 1학년이 맞나 싶던 참이었다. 자리는 일단 지금 그대로 앉고 눈이 나쁘거나 키가 작은데 뒤에 앉아서 칠판이 보이지 않는 학생이 있는지 물었다. 세 명이 손을 들었고, 자리를 바꿔 주었다.

선생님은 출석부를 열어 가나다순으로 배정된 반 번호와 이름을 부를테니 자신의 이름이 들리면 대답과 함께 손을 들라고 했다. 자기 이름이 불릴 때마다 '네'하고 대답하는 아이에게 일제히 고개가 돌아갔다. 대부분의 아이는 부끄러운지 얼굴이 빨개지거나 고개를 살짝 숙인 채 대답했다. '32번 장영희' 내 이름과 번호가 불렸고 나는 손을 들었다. 선생님은 고개를 살짝 끄덕였다. '33번 정순이' 라고 부르자 내 옆에 앉은 아이도 대답 없이 손만 들었다. 선생님이 살짝 웃으며 "영희와 순이가 같이 앉아 있네" 라고 하자 반 아이들을 일제히 우리를 쳐다보며 와 하고 웃었다. 나는 얼굴이 화끈거렸다. 고개를 돌려 순이를 쳐다보니 순이는 인상을 쓰고 있었다. 그렇게 우리는 짝꿍으로 중학교 첫 해의 3월을 시작했다.

입학식을 하고 일주일 후 진단평가 시험을 봤다. 나는 51명 중에 2등을 했다. 순이는 46등을 했다. 순이는 거의 꼴찌를 한 거나 마찬가지였다. 반에 배구부가 세 명이 있었는데 그 애들은 시험지를 받고 오 분만에 엎드려 잤고, 시험을 보던 날 결석한 학생도 한 명 있었으니까. 그러나 성적과는 별개로 순이는 이미 학교에서 유명인이었다. 3월 중순이 되기도 전에 매일 교실 밖은 순이를 보러 오는 학생들로 가득했다.

순이는 서태지를 닮았다.

얼굴은 작은데 귀가 조금 컸고 쇼트커트에 알이 큰 금테 안경을 썼다. 치마를 입지 않았다면 남자로 착각할 외모였다. 교복 치마는 늘려서 종아리 아래까지 내려왔는데 그게 서태지와 아이들의 통 큰 바지 같아 보이기도 했다. 나는 처음에 순이가 서태지 닮았다는 말을 들었을 때 아니라고 큰소리쳤다. 옆에서 보면 전혀 아니라고. 그런데 며칠 전 교실 문을 열고 들어가다가 깜짝 놀랐다. 멀리서 보고 서태지인 줄 알았다. 순이의 외모가 눈에 띄었는지 그다음 날부터 한두 명씩 순이를 보러 오는 학생이 늘었다. 여자 중학교의 소문은 빨라서 몇 주 뒤에는 학년을 가리지 않고 쉬는 시간, 점심시간에 계속 순이를 보러 왔다. 그중에는 간식거리나 쪽지를 주고 가는 애들도 있었다. 순이는 그런 관심에 흥미가 없어 보였다. 쪽지를 풀어 금방 읽고 다시 접어서 책상 서랍에 넣었다. 간식은 한두 개 먹을 때도 있지만 대부분 다른 애들에게 줘버리곤 했다.

입학하고 몇 주가 지나도록 나는 순이와 서먹했다. 필요한 말 외에는 대화가 없었다. 나는 순이가 조금 무서웠고, 순이는 나를 무시했다. 진경이와 주로 놀았고 새로 친해진 애도 두 명 있었기 때문에 짝인 순이와 굳이 말하지 않아도 심심하지 않았다. 그래도 짝인데 이렇게 모른 척하고 지내도 되나 싶었지만 순이의 행동은 사람을 멈칫하게 하는 무언가가 있었다.

내가 본 순이는 공부라는 걸 할 생각이 전혀 없는 아이였다. 중학교 3년을 무사히 다니고 졸업만 하면 다행이지 싶었다. 나와 너무 달랐다. 나는 정해진 등교 시간보다 한참 일찍 학교에 가서 예습하거나 문제집을 풀어야 하고 학교에서 하지 말라는 것, 해야 한다는 것은 하나도 빼놓지 않고 다 지켜야 하는 사람이다. 그에 반해 순이는 1교시 시작 시각이 다 되어서 오거나 가끔은 수업 도중에 들어오기도 했다. 교복 타이를 안 하거나 이름표가 없거나 머리에 스프레이를 뿌려 선도부에 걸려 혼이 났다. 무단결석을 벌써 두 번이나 했고 수업 시간에는 대체로 엎드려 자거나 딴생각하거나 질문에 대답하지 않아서 혼이 났다. 단언컨대 3월 한 달 동안, 허리를 곧게 펴고 앉아서 교과서를 펴고 노트에 필기하는 걸 단 한 번도 본 적이 없다. 교과서는 항상 다른 페이지를 펴 놓았고 그 위에 엎드려 자는 바람에 침 자국으로 종이가 일어나 있는 쪽이 많았다. 그림이 많은 책에는 낙서를 했다. 그림은 잘 그리는 것 같아 보였는데 잘 보여주지는 않았다. 나는 순이를 깨우다가 잡담한다고 오해받거나 자는 짝을 깨우지 않는다고 같이 혼이 났다. 점심시간이면 순이는 자주 없어졌고 가끔 담배 냄새를 풍기며 돌아오곤 했다. 학교가 끝나고 뭐 하고 다니는지 잘 모르지만 늘 그렇게 학교에서는 잠만 잤다. 반에는 순이와 어울려

다니는 영지가 있었는데 학교생활은 비슷했다. 학기가 시작하자마자 두 사람은 붙어 다니기 시작했다. 순이가 받은 간식을 갖다 먹은 게 영지였다. 6교시가 끝나고 청소를 할 때 두 사람은 가장 활발하게 움직였다. 교실 뒤에 있는 거울 앞에 서서 스프레이를 뿌려가며 머리를 만지거나 화장했다. 한 번은 반장이 같이 청소하자고 한마디 했다가 두 사람에게 욕만 바가지로 먹었다. 그 후로 반 아이들은 두 사람이 거울 앞에 있으면 슬슬 피했다.

시간이 지나면서 순이가 항상 쌀쌀맞고 다가가기 어려운 애가 아니라는 걸 알게 되었다. 대화의 반이 욕이긴 했지만 순이나 영지가 툭툭 건네는 농담은 재미있어서 애들이 한 번씩 뒤집어지곤 했다. 나도 안 듣는 척하면서 몰래 킥킥대며 웃었다. 하루는 몰래 웃다가 순이와 눈이 마주쳐서 얼굴이 화끈거린 적도 있었다. 그 뒤로 순이는 일부러 나 들으라는 듯이 옆자리에서 혼자서 말하기도 하고 먼 자리에서도 큰 소리로 떠들어 댔다. 그럴 때마다 순이와 나는 눈이 자주 마주쳤다.

아마도 그때부터였던 것 같다. 순이가 자기에게 들어오는 간식을 은근슬쩍 내게 주기 시작한 것이. 그리고 기분이 좋아 보이는 날에는 쉬는 시간마다 내 쪽으로 몸을 돌리고 앉아 어제 있었던 일을 이야기했다. 처음엔 얘가 왜 이러나 싶어 안 듣는 척도 해 봤지만 못 들은 척하기엔 순이가 하는 얘기가 신기하고 재미있었다. 내가 죽었다 깨어나도 경험하지 못할 이야기였는데 주로 또래나 고등학교 오빠들과 노는 이야기나 학교에 다니지 않는 친구들에 대한 것이었다. 가끔 가족에 관한 이야기도 있었는데 욕이 없이는 아빠 이야기가 안 되는 사람 같았다. 그럴 때 순이의 얼굴은 일그러질 대로 일그러진 얼굴이었다. 그런 이야기에 내가 끄덕이면 순이는 니가 뭘 안다고 끄덕이냐고 핀잔을 주었다. 그러나 나는 정말 알고 있었다. 그 표정의 의미를.

 3월 마지막 주부터 순이는 일주일에 한 번꼴로 결석했다. 주로 월요일에 그랬다. 담임 선생님은 순이의 결석을 대수롭지 않게 여기는 것 같았다. 결석하고 다음날 학교에 온 순이의 얼굴엔 크고 작은 멍이 들어 있었다. 그런 날엔 멍을 들키지 않으려는지 하루 종일 엎드려 잠을 잤다. 엎드려 있다가 잘못 걸리는 날엔 벌을 받거나 몽둥이로 손바닥이나 엉덩이를 맞았다. 그래도 순이는 중간에 나가버리지 않고 수업이 끝날 때까지 잘 버텼다. 적어도 난 잘 버티고 있다고 생각했다. 수, 목, 금요일에 순이는 대체로 기분이 좋았다. 늘 그렇듯 순이를 보러 온 학생들에게서 선물을 받았고 애들에게 장난을 쳤고 청소 시간에 화장했다. 토요일이 되면 다시 죽상을 했다. 4교시를 하고 종례 후에도 교실에 남아서 칠판에 낙서하거나 운동장에서 다른 애들과 놀기도 했다. 내게도 놀다 가라고 몇 번 말한 적이 있었지만 난 집에 가야 해서 매번 거절했다. 다들 빨리 집에 가고 싶어 하는 토요일에 순이는 집에 가지 않기 위해 최선을 다하는 것 같았다. 식목일 같은 쉬는 날도 그다지 좋아하지 않았다. 공부는 안 하지만 학교를 정말 좋아하는 건지도 모르겠다. 학교를 도피처로 생각했을지도 모르겠다.

공부는 하지 않지만 학교를 좋아하고 집을 싫어했던 순이와 공부는 열심히 하지만 학교도 집도 좋아하지 않았던 나는 완전히 다른 타입의 사람이었지만 의외로 닮은 점이 하나 있었다. 아빠라는 존재에 불안과 공포를 느낀다는 것. 그 하나의 공통점은 우리 두 사람을 묶어 주기에 충분했다. 비슷한 상처를 가진 사람들은 말하지 않아도 알아본다. 순이와 나는 그랬다. 우리가 괜히 영희와 순이였을까.

4월 말 중간고사가 끝나고 5월 4일 체육대회, 5월 6일 개교기념일까지 지나 시험 성적이 나온 후로는 어떤 선생님도 순이에게 벌을 주지 않았다. 순이는 학교에서 완전히 버림받은 것 같았다. 나는 순이가 걱정되어 같이 공부하자고 했다. 그나마 재미있어하는 과목인 과학 시간엔 엎드려 있지 못하게 하거나 쪽지 시험이라도 잘 보게 하려고 노력했다. 순이도 한 열흘은 수업 시간에 집중했다. 그것도 오래 가지는 못했다. 선생님들은 그런 순이를 그냥 두지 않았다. 과학 시간에 본 쪽지 시험의 점수가 잘 나오자 선생님은 칭찬하기는커녕 커닝했다고 교무실에서 벌을 세웠다. 그 후 순이는 예전의 순이로 돌아갔다.

순이의 월요일 결석은 계속됐고, 지각하는 일도 잦았다. 어김없이 멍이 들어 있었다. 하루는 보다 못해 순이에게 물었다. 어디서 그렇게 다쳐서 오냐고. 순이는 아빠나 삼촌에게 맞았다고도 했고 오빠들과 장난을 치다가 그랬다고도 하고 싸우다가 다쳤다고도 했다. 나는 순이의 말에 그렇게 놀라지 않고 침착하게 언젠가는 누군가에게 도움을 받아야 하지 않겠냐고 말했다. 순이는 니가 뭘 아느냐고 구박했다. 나는 그 말을 들은 다음 날 집에 있던 멘소래담과 후시딘을 가져다주었다. 순이는 자신에게 약을 가져다준 애는 니가 처음이라며 씨발 넌 왜 그렇게 착하냐고 했다. 말은 거친데 눈은 나를 보지 못했다. 떨리는 손에 나는 약을 쥐여주었다. 순이는 영지와 노는 시간보다 나와 함께하는 시간이 늘었고 점심시간에 사라지는 일도 점점 줄었다. 진경이와 다른 한 친구와 같이 내 자리에서 점심 도시락을 먹을 때 슬쩍 밥과 김치만 싸 온 도시락을 내놓고 우리의 눈치를 살폈다. 우리는 아무 말 없이 도시락을 같이 먹기 시작했다. 매일은 아니지만 밥만 싸 오기도 했고 반찬 한두 가지를 싸 오는 날도 생겼다. 평범한 여중생처럼.

순이와 더 가까워지던 5월 말쯤 방과 후 나는 담임 선생님께 불려 갔다. 잠깐 면담을 하자면서 학교생활이 어떤지 물었다. 별생각 없이 생각나는 대로 이야기했다. 선생님은 약간 머뭇거리거니 순이와 짝으로 지내는 것에 대해서도 물었고 나는 괜찮고 잘 지낸다고 대답했다. 다른 아이들은 그동안 두 번 짝이 바뀌었지만 나와 순이는 그대로였다. 아마도 다른 아이들이 순이 옆에 앉는 것을 꺼렸으려니 싶었다. 선생님은 원하면 바꿔 주겠다는 말과 함께 너무 친하게 지내려고 노력하지 않아도 된다고 했다. 나는 그 말의 의도를 모르지는 않았지만 재차 괜찮다고, 순이랑 잘 지내고 있다고 말하며 순이가 아빠에게 맞는 것 같다고 말했다. 선생님은 순간 허둥대다가 냉정한 얼굴로 돌아와 아버지가 조금 과격한 부분이 있으신 것 같다고, 너는 신경 쓰지 말고 네 공부만 잘하면 된다는 말로 상담을 마무리했다.

그렇겠지. 나는 아무것도 신경 쓰지 않고 공부만 열심히 해서 좋은 성적을 올리기만 하면 되는 학생이니까. 어른들에게는 그저 말 잘 듣고 성적이 우수한, 그들의 입맛에 맞는 직업을 가지는 것만이 내가 하면 되는 일이었다. 그러나 나는 이미 너무 많은 것을 느끼고 생각하고 판단할 수 있는 나이가 되어있었다. 이 나이의 세상도 그렇게 단순하지 않았다. 부모님이 허구한 날 싸우는 이유를 알고 있었고 그 불똥이 우리 남매에게 튀면 어떻게 되는지 이미 익히 알고 있었다. 술을 마시면 사람이 어떻게 변하는지도 모든 가정의 부모들이 이렇게 싸우지 않는다는 것도 알고 있었다. 순이의 아빠처럼 눈에 보이는 폭력을 사용하지는 않았지만 세상에 있는 온갖 욕과 저주의 말을 아빠에게 이미 들어왔다. 화가 많이 나던 날, 나도 모르게 같은 욕을 하는 나를 발견하고 화들짝 놀라기도 했다. 내가 따라 하고 있다는 사실이 몸서리쳐지게 싫었다. 최근 들어 왜 사는지 모르겠다는 생각을 자주 했고 일기장에는 죽고 싶다는 말을 자주 썼다. 아무도 알아서는 안 되는 생각들 때문에 혼자 골머리를 썩는 와중에 선생님의 신경 쓰지 말라는 말은 내 안의 무언가를 건드렸다. 나는 나름의 복수를 하기로 마음먹었다. 순이와 더 친하게 지내기로.

순이가 지각을 하든 결석하든 욕이 반 이상인 대화를 하든 청소 시간에 스프레이를 뿌리든 뭘 하든 싫지 않았지만 한 가지 싫은 것이 있었다. 순이는 이따금 학교 끝나고 무얼 하고 다니는지 상세하게 말하곤 했는데 보통은 고등학생 오빠들을 만난 이야기였다. 술을 마셨다고도 하고 담배를 피웠다고도 하고 노래방에서 키스하고 옷이 벗겨졌다는 말을 했다. 한참 후에는 잠자리를 했다는 이야기를 아무렇지 않게 했다. 누구는 키스를 잘하네, 누구랑 할 때는 아프네 같은 이야기가 이어졌다. 순이가 실제로 남자와 잤는지 아닌지는 알 수 없었다. 나는 우리 나이에 가능한 일인지조차 몰랐으니까. 어떻게 하는 것이 자는 건지도 몰랐고 그러다가 임신이라도 하면 어쩌나 하는 생각만 들었다. 순이의 그런 얘기가 불편하고 혼란스러웠다. 어리게만 보이는 순이가 어떻게 그럴 수 있는지 이해하기가 힘들었다. 그러면서도 영지가 같은 얘기를 할 때면 영지는 그럴 수 있다고 생각했다. 영지는 괜찮고 순이는 괜찮지 않았다. 순이와 영지가 그런 얘기를 하고 있으면 아이들은 슬그머니 자기 자리로 돌아갔다. 마치 그 아이들이 더러운 물건인 양 오염되지 않으려는 듯. 나는 안 듣는 척하면서 듣다가 인상을 쓰곤 했는데 그걸 눈치챈 영지에게 욕을 먹기도 했다. 그들의 대화 때문에 알고 싶지 않던 남녀 간의 섹스에 대해 알아버렸고, 남자와 여자의 성기를 이르는 말이라든가 그것들이 만나는 과정이라든가 끝나고 담배를 핀다는 등의 내용까지 들어버렸다. 가끔 얼굴이 달아올라 화장실로 도망간 적도 있지만 듣다 보니 익숙해졌다. 그래서인지 소설 속에서 입을 맞추었다는 대목만 나와도 괜히 몸이 뜨거워지던 것이 이제는 잠자리하는 내용이 나와도 아무렇지 않게 되었다. 어쩌면 순이도 이제 내가 자신의 이야기를 즐긴다는 걸 알았는지 그런 이야기들을 과장해서 말하는 것 같았다. 순이와 영지가 이런 이야기를 할 때 도망가지 않고 잠자코 듣는 건 나뿐이었다. 1학기가 끝나갈 무렵 반 아이들은 대체로 인정했다. 나와 순이가 어울리지 않는 단짝이라는 걸.

새로울 것 없는 매일 매일을 보냈다. 수업을 받고 시험 준비를 하고 중간고사를 보고 다시 수업을 받고 시험 준비를 하고 기말고사를 봤다. 2학기도 다르지 않을 것이다. 중학교에 올라오면 뭔가 새롭고 신기하고 다른 삶이 펼쳐질 것 같았지만 아니었다. 다람쥐 쳇바퀴 돌듯 너무 똑같아서 수업 시간표가 아니었으면 오늘이 무슨 요일인지 가늠할 수 없었을 것이다.

그렇게 여름 방학을 맞았다. 기다려온 여름 방학식 날, 학생들이 그렇게 기대하고 좋아해야 하는 날, 학교는 왜 성적표라는 것을 나누어 주며 아이들의 기를 죽이는 건지 알 수가 없다. 선생님들 자신의 성과물을 아이들에게 뿌리고 자기들만 홀가분하고 싶어 하는 것 같았다. 집에 가서 덜덜 떨면서 성적표를 내밀어야 하는 아이들은 눈곱만큼도 생각해 주지 않았다. 순이는 성적표를 받자마자 구겨서 작은 공으로 만들었다. 여름방학 숙제가 주욱 적힌 유인물과 가정통신문 2장, 비상 연락망이 적힌 종이를 나눠 가지고, 담임 선생님의 1학기 마지막 종례 말씀이 끝날 때까지 순이는 그 작은 성적표 공을 계속 눌러 댔다. 마치 그게 원래 무슨 종이였는지 알 수 없게 만들고 싶은 것처럼. 나는 옆에서 멍하게 공이 만들어지는 과정을 보았다. 반장의 차렷 소리에 정신이 돌아왔다. 담임 선생님은 인사를 받고 다치지 말고 방학 숙제 까먹지 말고 소집일에 보자고 소리 지르며 교실 문을 나가셨다. 선생님이 나가자 순이는 성적표 공을 내 책상 위로 또르르 굴리고는 나보고 가지라고 했다. 내가 순이 얼굴을 쳐다봤다.

"난 필요 없어. 니가 버리든가 가져가든가. 너 이거 계속 쳐다봤잖아."

"아. 근데 부모님 사인받아 오랬잖아."

"씨발, 잃어버렸다고 하면 되지. 개학하려면 아직 멀었어. 방학이 며칠이랬더라. 45일이었냐? 담임이 그걸 기억하겠냐? 아 몰라."

"선생님들은 그런 거 안 까먹을걸?"

"아 몰라. 너 가져."

나는 단단하다 못해 딱딱해진 동그란 물체를 집어 가방에 넣었다.

중학생의 여름방학은 뭔가 다를 줄 알았지만 국민학교 때와 다른 건 하나도 없었다. 오히려 힘들어지기만 했다. 방학 숙제를 해야 했고 부모님이 예습을 하라며 잔뜩 사놓은 문제집을 매일 풀어야 했다. 매일 정해진 분량을 채우고 검사를 받았다. 처음 두 주는 학교에 가고 싶었다. 텔레비전을 마음대로 볼 수도 없고 집에만 있으려니 좀이 쑤셨다. 그러다 오빠를 따라 월미도를 가게 되었다. 가족과 여행을 갔다 온 걸 글짓기 하는 숙제가 있었는데 맞벌이하는 우리 집에서는 가족 여행은 꿈도 꿀 수 없는 일이었다. 용돈을 준다는 꼬임에 오빠는 친구들과 놀러 가면서 나도 데려가게 된 것이다. 월미도야 워낙 유명해서 궁금하기도 했다. 월미도 바이킹이 세계 최고로 무섭다는 말도 있었고 디스코 팡팡도 그렇게 재미있다고. 순이도 한 번 디스코 팡팡을 타봤는데 팔에 온통 멍이 들었다고 했던 적이 있었다. 버스를 타고 두 시간 만에 월미도에 도착했을 때는 해가 머리 꼭대기에 있었다. 오빠와 오빠 친구 두 명의 뒤를 졸졸 따라다니다 디스코팡팡 앞에 도착했다. 거기서 그 남자애를 보았다.

디스코팡팡은 기구를 조작하는 아저씨가 있다. 그 사람은 자기 마음대로 기구를 조작할 수 있었는데 멋있거나 웃긴 멘트를 하면서 사람들을 요기로도 튕기고 저기로도 튕겼다. 짧은 치마를 입은 여자애들 쪽을 주로 더 튕겼다. 남자인데도 언니라고 부르며 일부러 짧은 거 입고 이거 타는 거지 하면서 장난을 쳤다. 안전바를 놓쳐 의자에서 떨어져 나와 중앙으로 미끄러져 내려오면 그제서야 튕기는 걸 멈추곤 했다. 그때 갑자기 힙합 바지에

벨트를 길게 늘어뜨리고 딱 붙는 흰색 티셔츠를 입은 남자애가 나타나 허우적대는 여자의 손을 잡아 자리에 앉혀줬다. 마치 평지를 걷는 것처럼 아무렇지 않게. 여자를 구하고 중앙에 서자 아저씨는 갑자기 속도를 높였다. 남자애는 산책하듯 사뿐사뿐 걸었다. 아저씨의 많이 기다리셨냐는 멘트에 디스코팡팡 기구 앞에 모여 있던 사람들이 소리를 질렀다. 나는 넋을 놓고 놀이기구가 돌아가는 걸 보았다. 5, 4, 3, 2, 1. 아저씨가 카운트다운 하는 동안 남자애는 걷지 않고 가볍게 뛰었다. 0을 외치자 그 애는 돌아가는 기구 위에서 백 점프를 했다. 그것도 고개를 위로 치켜들어야 할 만큼 높이. 나는 손으로 입을 막았다. 또 두 번 더 공중에 떠올랐다. 처음 보는 장면에 그대로 굳어버렸다. 오빠는 그만 다른 데로 가자고 했지만 나는 여기 있겠다고 하고 오빠와 친구들을 보냈다.

한 타임이 끝나면 남자애는 사람들이 기구에 내리는 걸 도와주고 떨어진 물건이 없는지 확인하고 다시 사람들이 탑승하는 걸 도와주었다. 한 타임이 짧게는 오 분,

길게는 십 분이었는데 그건 완전 아저씨 마음대로였다. 놀릴 사람이 많으면 길어졌고 점프도 더 많이 했다. 단 한 번도 똑같은 포즈로 뛰지 않았다. 세 타임을 하고 나서야 남자애가 내려왔다. 다른 남자가 올라가 그처럼 안내하고 점프도 했다. 그러나 별로 멋있어 보이지 않았다. 나는 오빠가 돌아올 때까지 계속해서 남자애를 눈으로 좇았다.

나의 방학은 그렇게 뜻밖의 방향으로 흘러갔다. 평일에는 해야 할 방학 숙제와 엄마의 예습 숙제를 착실히 했다. 집안일도 열심히 해서 용돈을 받아 토요일에 혼자 월미도에 갔다. 놀이기구를 타지 않고 두세 시간 동안 그 남자애가 기구에서 점프하는 걸 봤다. 말을 걸어본 적도 눈이 마주친 적도 없지만 내 볼은 늘 달아올라 있었다. 가끔 예쁘장한 여자애의 어깨에 팔을 두르고 다니는 걸 보기도 했다. 그럴 때면 괜히 성질이 났다. 더 자주, 더 오래 그 애를 보러 올 수 있다면 얼마나 좋을까 생각했다. 방학이 끝나지 않으면 좋겠다고 생각했다.

그리고 소집일 날이 되었다. 안 나오면 일주일 화장실 청소라고 했던 선생님의 말씀을 가볍게 무시한 듯 순이는 나오지 않았다. 아니면 다른 날에 나왔을 수도 있고. 굳이 비상 연락망에 나온 번호로 순이의 참석 여부를 알아보는 노력은 하지 않았다. 방학을 보내며 나와는 상관없는 사람이 된 것 같았다. 그동안 순이를 한 번도 생각하지 않았다는 것에 스스로 놀랐다. 학교에 오니 그제야 1학기 학교생활이 떠올랐을 만큼 디스코 팡팡 남자애에게 빠져 있었다. 교실 청소를 하며 문득 그런 생각이 들었다. 순이나 영지가 잤다는 오빠들이 디스코팡팡의 남자애 같은 남자일까 하고. 디스코 팡팡을 한 번 타 본 적이 있다고 말한 순이가 남자애 옆에 있다는 상상을 하니 어딘가 어울리는 것 같아 기분이 묘했다. 갑자기 순이를 보지 않아서 다행이라고 생각했다. 개학하면 순이를 제대로 보지 못할 것 같았다. 언제나 그렇듯 시간은 흘렀고 2학기 개학 날은 돌아왔다. 개학 전날 가방에 방학 숙제를 챙기다가 하얗고 검정 점이 콕콕 박힌 동그란 물체를 발견하고서야 다시 순이가 생각났다. 펴볼까 말까를 고민하다가 가방 앞주머니에 넣었다. 방학 동안 뭐 하고 지냈을까. 학교도 안 나가니 아빠에게 매일 맞지는 않았을까. 가출한 건 아니었을까. 그제야 궁금해졌다.

순이는 개학 날 학교에 오지 않았다. 이틀을 더 결석하고 목요일에 되어서야 등교를 했는데 1교시가 끝나고 수학 선생님이 나가는 것과 동시에 뒷문으로 들어왔다. 머리가 중학교에 갓 들어간 남학생처럼 아주 짧았다. 나는 내가 내 눈을 엄청 크게 떴다는 것을 스스로 느낄 정도로 놀란 표정을 지으며 순이를 불렀다. 반 아이들이 일제히 내 쪽을 보았다가 뒷문에서 1분단으로 걸어오는 순이 쪽으로 고개를 돌렸다. 뒷문 바로 앞자리에서 엎드려 자고 있던 영지가 일어나면서 "씨발년아 왔냐"라고 말하는 것이 웅성대는 소리를 뚫고 선명하게 들렸다. 순이는 다시 돌아서 영지에게 가서 껴안으며 보고 싶었다며 재롱을 피웠다. 둘은 몇 마디 나누었고 영지가 다시 엎드리자 순이는 내 옆자리로 뚜벅뚜벅 걸어와 나를 와락 안았다.

"잘 살았냐 이 년아?"

"머리가 왜 그래?"

"그냥 짤랐어. 짧으니까 머리채 안 잡혀서 좋던데?"

순이의 머리를 손으로 쓸어보았다. 까슬까슬했다.

"이 정도면 군인 아저씨 머린데?"

"그러냐?"

순이는 코를 쓱 닦으며 웃었다. 부끄러워하는 표정은 처음 보는 것 같았다.

"이 년이 방학 동안 연락도 안 하고. 뒤질라고."

"연락할 방법은 있었고?"

"아, 그러네? 그래도! 알아서 연락했어야지!"

"소집일 날 안 온 게 누구더라?"

"아, 소집일. 담임 지랄하겠네."

"그러게 왜 안 나왔어?"

"당연히 집에 없었지. 방학인데 집에 붙어 있는 게 말이 되냐?"

"그렇긴 하네."

집에 붙어 있지 않아도 되는 네가 부럽다고 말하려다 말았다. 순이는 책상 위에 홀쭉한 가방을 올려놓고 가방 위로 엎드렸다. 1학기 내내 그랬던 것처럼.

2교시가 끝나고 순이의 등교는 교무실로 전해졌고 담임 선생님은 교실로 순이를 찾으러 왔다. 순이의 머리를 보고 흠칫 놀랐다가 바로 무표정한 얼굴로 바꾸고는 순이를 데리고 나갔다. 순이는 점심시간이 시작할 때 교실로 돌아왔다. 화가 난 것도 같고 운 것도 같은 알 수 없는 표정으로 자리에 앉아 다시 엎드렸다. 나는 순이의 등에 손을 얹고 쓰다듬었다. 내 손길에 순이는 고개를 돌려 나를 쳐다봤다. 나도 내가 그 애를 쓰다듬는 행동을 한다는 것에 놀랐는데 너무 자연스러워서 전에도 이런 적이 있다고 착각할 정도였다. 나는 순이의 등에 손을 올려놓은 채 순이를 마주 보고 엎드렸다. 순이의 왼쪽 눈에서 나온 눈물이 콧대를 넘어 오른쪽 눈으로 흘렀다. 잔다고, 지각했다고, 시험을 못 봤다고, 태도가 마음에 들지 않는다고 1학기 내내 선생님들의 몽둥이 타작에도 한 번도 울지 않았던 순이였다. 나는 콧대를 넘어 흐른 눈물 자국을 보며 내 오른쪽 눈에서 나온 눈물이 콧대를 넘어 왼쪽 눈으로 흐르는 것을 느꼈다. 순이는 눈을 감았다. 순이의 속눈썹은 길고 위로 살짝 말려 올라가 있었다. 서태지의 속눈썹도 이럴까, 디스코 팡팡 그 남자애의 속눈썹도 가까이서 보면 이렇게 길까 하고 생각했다. 그러다 조금 미안해졌다. 내 앞에 있는 이 여자애의 걱정을 안 하다니. 얘는 도대체 어떤 방학을 보낸 걸까. 많은 여자들에 둘러싸여 나 같은 것은 쳐다보지도 않는 남자애 생각하느라 순이를 잊고 있었다.

개학을 해서인지, 순이와 눈물을 공유해서인지 엄마와 담임 선생님은 내가 갑자기 밝아졌다고 했다. 순이는 다시 영지와 더 많은 시간을 보냈다. 하지만 나는 순이도 속으로는 나와 더 친하다고 생각할 거라고 굳게 믿고 있었다. 나는 태어나서 지금까지 단짝이라고 생각한 친구가 없었다. 친한 친구라고 생각한 애들은 있었지만 그 애들이 내 팔짱을 끼거나 손을 잡으면 적당한 때를 봐서 손을 뺐다. 최대한 자연스럽게. 신체적 접촉이 싫다기보다는 그렇게 좋아하지 않았다는 표현이 옳을 것이다. 다른 여자애들이 팔짱 끼고, 손을 잡고 흔들면서 다니는 걸 부러워하며 한참을 보곤 했다. 좋으면 그렇게 다니는 것이 당연하다고 여겼다. 그러나 막상 내게 다가오면 거부감이 들었다. 남들은 잘만 하고 다니던데 왜 난 싫어하는가를 고민했다. 하지만 순이와는 고민의 시간이 무색할 정도로 틈만 나면 붙어 있었다. 점심시간에 도시락을 먹고 남는 시간에 운동장을 한 바퀴 산책하거나 화장실을 같이 가거나 가끔은 수업이 끝나고 교문까지 팔짱을 끼고 두 사람의 팔이 하나인 것처럼 붙어 다녔다.

그 무렵 서태지를 닮았다는 순이의 인기는 옆 반에 투투의 황혜영을 닮은 아이한테 넘어갔다. 눈이 크고 숱이 많은 단발의 귀여운 아이였다. 순이의 과도하게 짧은 머리도 한몫했을지 모른다. 순이를 찾아오는 학생들이 없어지니 이제 나와 순이 사이를 방해하는 건 영지 말고는 없다고 생각했다. 그날 일이 있기 전까지는.

조짐이 없던 건 아니었다. 가끔 순이는 적당히 라는 단어를 모르는 아이 같았다. 팔짱을 끼고, 손을 잡고, 어깨동무를 하는 것까지는 좋았다. 문제는 기분이 좋은 날의 순이는 담배 냄새를 풍기며 얼굴을 들이미는 것이었다. 학교에서 담배를 피우는 걸 본 적은 없지만 언제나 그 애 몸에서는 담배 냄새가 났다. 아빠가 하루에 두 갑씩 담배를 피워서 멀리서도 담배 냄새는 기막히게 맡는 나였다. 담배와 술이 섞인 시궁창 같은 냄새를 매일 맡아온 나로서는 피할 수만 있다면 피하고 싶은 냄새였다. 순이가 담배 냄새를 풍기며 얼굴 가까이 다가오면 손으로 얼굴을 밀어냈는데 그럴 때마다 순이는 화를 냈다. 토라져서 몇 시간이고 말하지 않을 때도 있었다. 몸에 좋지 않다고 담배 피우지 말라는 말을 싫어했다. 엄마가 아빠에게 하는 잔소리를 내가 순이에게 했다.

담배 냄새나서 싫다며 얼굴을 밀어내는 일이 몇 번 있고 나서 순이는 나를 뒤에서 안기 시작했다. 순이는 나보다 십 센티쯤 더 키가 컸고 팔도 길어서 뒤에서 안으면 내가 순이의 품에 쏙 들어갔다. 뒤에서 나를 안고 뒤뚱거리면서 걸어 다니는 걸 즐겼다. 내가 싫어하지 않는다는 걸 알고는 자주 그랬고 장난스레 귀를 물거나 바람을 불었다. 내가 질색하며 몸부림을 치면 순이는 까르르 웃으며 좋아했다. 순이의 손길은 점점 과격해졌다. 하루는 순이가 뒤에서 나를 또 안았는데 그 애의 손이 내 양 가슴을 덮었다. 가슴에 손이 있다는 것을 인지할 틈도 없이 순이는 가슴을 두 번 주물주물했다. 나는 소리를 지르며 주저앉았다. 순이도 내 반응에 놀라 옆에 쪼그려 앉아 미안하다고 했다. 당황스럽기도 하고 화도 났지만 순이의 얼굴이 꽤 미안해하는 것 같아서 별말 없이 일어나 벌렁대는 가슴을 팔로 감싸고 화장실에 다녀왔다. 순이는 며칠 조심하는 듯했다. 그러나 그다음에는 가슴이 아닌 엉덩이를 주물럭거리거나 교복 치마를 올리고 허벅지 맨살을 쓰다듬었다. 다른 애들이 친구와 그러는 걸 본 적이 없었으므로 이게 괜찮은 건지 아닌지 몰랐다. 사랑이 부족해서 만지는 걸 좋아한다고 여겼다.

2학기에 나는 수학 과목반장이 되었다. 하는 일은 쪽지 시험 결과나 프린트물이나 숙제나 전달 사항을 전하는 것 정도였다. 중간고사를 일주일 앞둔 어느 날, 종례 전에 시험 대비 수학 예상 문제를 나누어 주려고 교탁에 분단 별로 장수를 세고 있었다. 청소 시간 내내 보이지 않던 순이가 앞문으로 들어왔다. 순이는 내 뒤로 와서 목에 팔을 감고 안았다. 나는 순이의 팔을 풀며 나누어 둔 시험지를 분단 앞자리 아이들에게 건네주었다. 내가 다시 교탁 앞에 서자, 순이는 다시 나를 안았다. 나는 나누어 주고 남은 시험지를 정리하고 있는데 순이가 갑자기 자기 몸을 내 엉덩이에 비비기 시작했다. 나는 작은 목소리로 하지 말라고 했다. 순이는 싫어? 라고 말하고는 팔을 풀고 두 손으로 내 가슴을 주무르며 자기 음부를 내 엉덩이에 튕기기 시작했다. 처음에는 두 번 통통. 그 다음에는 내 상체를 교탁 쪽으로 살짝 밀면서 통통 튕기는 것이었다. 나는 순이가 하는 행동이 무엇인지 바로 알아채지 못하고 무방비 상태로 있었다. 몇 초가 지나서야 아이들의 반응이 눈에 들어왔다. 눈이 커지거나 입을 막거나. 그중에서도 한쪽 입꼬리가 올라가 음흉하게 웃는 영지의 얼굴이 클로즈업된 것처럼 크게 보였다. 그제야 순이가 하는 행동이 무얼 의미하는지 깨달았다.

"아이씨, 씨발 년아, 그만하랬지."

나는 돌아서서 순이를 칠판으로 밀며 소리쳤다. 순이가 칠판에 부딪히며 텅 소리가 났다. 공교롭게도 내 손의 위치는 순이의 가슴이었다. 소리는 그렇게 크지 않았지만 내가 순이의 가슴을 밀쳤다는 사실과 순이가 밀려났다는 사실, 내가 처음으로 욕을 했다는 사실이 뒤엉켜 굳어버렸다. 교실 안 공기도 한꺼번에 교실 바닥으로 떨어졌다. 5초쯤 주위가 조용했던 것 같다. 순이는 무서운 눈으로 "씨발년이"라고 말하며 오른손을 올렸다. 나도 순이를 올려다보며 "뭐!"라고 마주 소리 질렀다. 순이는 움찔하더니 손을 내리고 자기 자리로 가 가방을 들고 나가버렸다. 나는 숨을 몰아쉬며 시험지를 세워 교탁에 탁탁 치면서 순이가 나가는 것을 눈알만 굴리며 쫓았다.

순이는 다음 날 결석했다.

순이는 이틀 뒤 5교시가 되어서야 학교에 왔고 6교시에 담임이 불러서 교무실로 끌려 갔다. 언제 교실에 돌아왔는지 알지도 못한 사이 가방이 없어졌다.

그 후로 순이를 학교에서 보지 못했다.

중간고사가 끝나고 담임 선생님은 순이가 이제 학교를 나오지 않는다고 했다. 누구 하나 왜 안 나오게 되었는지 어디로 전학 갔는지 묻지 않았다. 나도, 영지조차도. 담임 선생님의 말에 반 아이들은 나와 영지를 번갈아 살폈다. 누구 하나 우리에게 어떻게 된 일이냐고 묻지 않았다. 담임 선생님도 내게 어떤 설명도 해주지 않았다.

소문이 돌았다. 부평 번화가에서 화장을 진하게 한 순이를 보았다는 둥, 오토바이 뒷자리에서 늙은 남자의 허리를 안고 있는 순이를 보았다는 둥, 상업고 교복을 입은 여러 명의 남학생 사이에 짧은 치마를 입은 순이를 보았다는 둥, 배가 불룩 나온 순이를 보았다는 둥. 어디서부터 시작되었는지 알 수 없는 소문들이었다.

소문은 성수대교가 무너지며 온 나라가 시끌시끌해지면서 잠잠해졌다. 순이가 그 성수대교에 있었다는 소문을 마지막으로 아이들 사이에서 순이의 이름이 더 이상 오르내리지 않았다.

개학한 뒤로 나는 월미도에 가지 않았었다. 순이가 더 이상 학교를 나오지 않는다는 말을 들은 그 주 토요일에 학교를 마치고 바로 월미도를 갔다. 남자애는 그날도 점프하고 있었다. 입학할 때 종아리까지 내려오던 내 치마는 어느새 무릎으로 올라와 있었다. 갓 입학한 중학생티는 나지 않았다. 처음으로 교복을 입고 디스코팡팡 앞쪽으로 가 남자애를 뚫어져라 쳐다보았다. 처음으로 남자애와 눈이 마주쳤다. 그 후로 매주 토요일이면 월미도를 갔다. 학교에서 공부반이 생겼다고 거짓말을 하고 점심 사 먹으라고 받은 돈은 차비로 썼다. 남자애를 따르는 여자 중의 한 명이 되어 있었다. 기말고사 준비를 할 무렵이 되었을 때, 남자애와 처음으로 대화를 했고 그가 대기하는 천막 안에도 들어가 보았다. 나 말고도 여러 명이 같이 들어갔는데 그것만으로도 너무 좋았다. 한 여자아이가 오빠가 좋아하신다고 해서 구워봤다며 카세트테이프를 주었다. 케이스에 녹음한 곡의 제목이 깨알같이 적혀 있었다. 남자애는 고맙다고 말하며 곡명을 보며 환하게 웃었다. 그러고는 나를 보며 물었다.

"서태지 좋아해?"

나는 안 좋아한다고 말하고는 벌떡 일어나 나왔다. 집으로 돌아와 다시는 월미도를 가지 않았다.

여중, 여고를 졸업하고 대학교에 입학할 때까지 단짝 친구가 없었다. 만들지 못했다는 표현이 더 정확할 것이다. 여고를 다니며 여고에만 도는 소문이 있다는 걸 알았다. 날라리 여자애가 옆 학교 누구누구랑 잤다는 소문, 공부도 꽤 잘했는데 임신해서 자퇴한 학생이 있다는 소문, 그리고 어느 빈 교실에 여학생 둘이 키스하고 있었다는 소문. 내가 다니던 학교에도 그런 소문이 심심하지 않게 들렸고 그 소문을 들을 때마다 난 순이를 생각했다. 오빠들과 잔 이야기를 자랑처럼 말했던 아이가 내게 왜 그런 행동을 했을까. 그 행동은 진심이었을까, 장난이었을까. 그러다가도 물어서 뭐 하나 싶은 것이, 진심이었다고 답한다면 나는 또 뭐라고 답할 것인가를 상상해 보면 답이 없다. 차라리 장난이라고 말해줬으면 좋았을 텐데 왜 웃으며 장난이라고 말하지 않고 욕했는지 왜 때리려고 했는지도 궁금했다. 둘의 팔이 하나인 양 다녔으면서 왜 학교를 그만둘 때는 내게 아무 말도 안 했는지 내가 그 정도밖에 안 됐는지 나도 한때는 순이를 하나밖에 없는 소울메이트라고 생각했는데 이 또한 나 혼자만의 생각이었는지 혼란스러웠다. 사실 단짝 같은 건 있으나 없으나 상관없었다. 어쩌면 순이 같은 애를 보면서 나는 나의 쓸모를 그 애한테서 찾았는지도 모르겠다. 친해지면서 그 애를 구할 수 있는 건 영지가 아니라 나였다고 강하게 믿었으니까.

집에서 통학해도 될만한 거리의 대학에 들어갔음에도 난 학교 근처에서 자취를 시작했다. 집에는 두 달에 한 번만 갔다. 집에 가도 자고 오진 않고 점심이나 저녁만 먹고 바로 자취방으로 돌아왔다. 그러다 엄마의 잔소리에 여름 방학이 끝나갈 무렵 집에서 며칠을 보내게 되었다. 나는 오랜만에 부평 지하상가를 휘적휘적 돌아다니며 주로 옷 구경을 했다. 옷 가게들은 저마다 유행하는 노래를 크게 틀어놓고 있었다. 아는 노래가 나오면 속으로 따라 부르며 리듬을 탔다. 내 앞에는 걸음이 느린 커플이 팔짱을 끼고 걷고 있었다. 빠른 걸음으로 앞지르려 하면 같이 걸음을 빨리하는 두 사람이 이제 막 답답해지려고 하던 차에 갑자기 커플이 걸음을 멈췄다. 나는 고개를 돌려 그들을 쓱 보고 다시 앞으로 가려다 걸음을 멈췄다. 남녀 커플이라고 생각한 두 사람은 여자 둘이었다. 그중에 한 사람은 쇼트커트에 통이 크고 밑단이 바닥에 질질 끌리는 청바지를 입고 있었다. 어디서 많이 본 얼굴. 기억이 날 듯 말 듯한 얼굴. 다시 돌아보았지만 이미 두 사람은 가게로 들어가 보이지 않았다. 가게에서는 서태지의 하여가가 우렁차게 나오고 있었다.

책들의 장례식

"가장 큰 빈소로 해주세요."

윤수가 끼어들며 말했다. 재성은 윤수의 팔을 툭 쳤다.

"올 사람 없어. 텅 비어 있으면 좀 그렇지 않을까?"

윤수는 다 이유가 있다며 직원에게 다시 큰 빈소를 달라고 했다. 그리고 한 쪽 벽을 써도 되는지 물었다. 무얼 할 거냐고 직원이 묻자 윤수는 물건을 놓을 거라고 대답했다. 직원은 그러라고 말하고는 리플릿을 길게 펼치며 장례용품을 설명하기 시작했다. 재성은 초점 없는 눈으로 게시판에 붙은 문서로 고개를 돌리고는 직원의 설명을 듣는 둥 마는 둥 했다. 이번엔 윤수가 재성의 팔을 쳤다.

"그런 거 원래 상조에서 하는 거 아니었나."

재성이 게시판에서 눈을 떼지 않고 중얼거렸다. 귀 밝은 직원은 그 작은 중얼거림을 알아듣고는 음식은 장례식장과 직접 계약해야 한다고 설명했다.

"그러면 음식은 기본으로 해주세요. 몇 호실로 가면 되죠?"

"7호실로 가시면 됩니다. 음식은 먼저 식당에 주문 넣어 놓겠습니다. 아, 여기 사인 한 번만 해 주세요."

재성은 직원이 내민 종이에 대충 사인을 하고 휙 돌아나왔다.

7호실은 8호실과 함께 2층에 있었는데 8호실 면적의 세 배쯤 되는 것 같았다. 재성은 7호실 앞에 서서 한숨을 쉬었다. 딸 승희와 현희가 뒤따라 올라왔다. 첫째 승희는 훌쩍이면서도 넓다며 놀라워했다. 윤수가 올라와 입구 앞에 멍하니 서 있는 세 사람의 등을 밀며 함께 안으로 들어갔다. 윤수는 입구에서 가장 가까이 있는 테이블 앞에 앉아 옆자리를 손으로 툭툭 쳤다. 네 사람은 한 테이블에 모여 앉았다. 윤수는 점퍼 안주머니에서 봉투 하나를 꺼내 테이블에 올려놓고 헛기침을 한 번 하고 이야기를 시작했다.

"알겠지만, 수민 씨와 제가 모임을 오랫동안 운영했잖아요. 많이. 몇몇 모임은 마지막 시간에 항상 유서 쓰기를 했어요. 뭐 자기 삶을 돌아보자는 의미였는데 수민 씨는 매번 똑같이 쓰더라고요. 그러면서 앞으로 어떻게 될지는 모르지만 우리가 서로 알고 지내는 동안에 본인이 먼저 죽게 되면 유서대로 해달라고 했어요. 처음엔 장난인 줄 알았는데 저번 모임 끝나고 이걸 주더라고요. 생각보다 꼼꼼하게 정리해 놓은 데다 지장까지 찍어놔서 싫다고 할 수가 없었어요. 저한테 부탁하긴 했지만, 혼자 정할 수 있는 건 아니니까 같이 보고 결정하시죠."

윤수는 봉투에서 A4용지 몇 장을 꺼냈다. 지난 모임에서 적었던 유서와 책 리스트였다.

재성은 눈물이 맺힌 채 종이를 받아 읽다가 '컥' 소리를 내며 내려놓았다. 둘째 현희가 대신 소리 내서 읽었다. 유서에는 자기가 죽으면 어떻게 해줬으면 좋겠는지 적혀 있었다. 앞부분에는 가족들에게 사랑한다는 내용이 있었고 다음에는 현실적인 것들을 적었다. 보험사별 사망보험금이 얼마나 되는지, 질병 사망인지 사고사인지에 따라 분류해 놓았고 사용 중인 금융 기관에 어떤 계좌가 있는지 등에 관한 것이었다. 내용을 읽던 현희가 고개를 갸웃거리며 소리 내 읽는 걸 멈췄다. 현희는 눈으로 잠시 읽다가 윤수를 쳐다보며 엄마가 장난치는 거 아니냐고 물었다.

윤수는 수민이 매우 진지했으며 여러 번 자신에게 당부했다고 말했다. 유서를 겸하는 편지의 내용은 이랬다.

비밀번호는 당신이 아는 그거야. 뒤에 특수문자만 느낌표나 골뱅이 둘 중 하나일 거야. 이제부터 중요한 이야기를 할게. 나는 내가 죽어도 당신과 아이들이 서로 의지

하면서 잘 지낼 거라고 믿어. 우리 가족은 서로를 잘 이해하고 아끼니까. 그래서 크게 걱정은 안 해. 다만 내 물건들을 보면서 너무 오래 슬퍼하지 않았으면 해. 내가 죽거든 빠르게 정리하길 바라. 물론 다 버리라는 건 아니야. 날 기억해 줄 최소한의 물건만 남기면 좋겠어. 내 물건 이래봤자 옷과 책밖에 없잖아? 어느 순간 마음에 걸리는 게 하나 있더라고. 내가 죽으면 이 책들이 짐이 되겠구나. 처리하기에 곤란해서 어쩌지 못하고 방치해 두겠구나. 책들이 귀찮은 짐이 되는 건 싫더라고. 알잖아. 내가 당신이랑 승희, 현희 다음으로 책을 사랑했던 거. 그렇다고 재활용장에 내놓거나 고물상에 포댓자루로 팔리는 건 더 싫었어. 그래서 당신과 아이들이 귀찮지 않고 도움이 될 일이 뭐가 있을까 생각했어.

결론은 내 책들도 나와 함께 장례식을 치르면 어떨까 한거지. 아, 빈소를 차려 달라거나 화장할 때 같이 태우라는 건 아니야. 절대 태우지 마!!! 내 빈소에 책을 진열하고 조문객에게 조의금을 받는 대신 책을 팔아줘.

답례품으로 줄까도 생각했지만 그건 솔직히 아깝더라고. 그렇다고 당신이 알라딘 중고 매장에 팔러 다니지는 않을 거잖아? 그래서 약간의 돈도 만들고 책들에게 새 주인을 찾아주고 싶어졌어. 얼마나 팔릴지는 모르겠지만 그 돈의 반은 기부하자. 우리가 항상 기부하던 곳에. 다 해도 되고...

알겠지만 나는 주변에 친구가 없잖아. 늘 걱정했거든. 내 장례식장이 썰렁할까 봐. 장례식을 가지고 돈벌이는 하면 안 되지만 죽은 사람 소원 하나 들어주는 셈 치자. 고인을 위한 일이라고 생각해 줘. 책이라면 사족을 못 쓰는 사람이 장례식장에 책을 사러 올 수도 있는 거잖아? 언젠가부터 내가 그렇게 열심히 책장 정리를 한 것도 이것 때문이야. 책 리스트는 윤수 씨에게 업데이트해서 줄 거야. 날 위해서 해 줄 거지? 그리고.......

핵심만 요약하자면, 집에 있는 약 천오백 권의 책을 장례식장에 진열하고 오는 사람들에게 조의금 대신 팔라는 말이었다. 세 사람은 각자 한마디씩 했다.

"가는 것도 이상하게 가더니 왜 이런 이상한 걸 시키는 거야?"

"윤수 씨, 이게 가능한 거야?"

"그래서 아저씨는 진짜 이렇게 할 거예요?"

윤수는 책을 옮길 알바도 이미 구해 놓았다고 했다. 가족 중에 집에 같이 갈 사람이 필요하기도 하지만 세 사람의 의견이 제일 중요하며 재성이나 두 딸이 반대하면 하지 말라고 수민이 당부했다고 했다. 재성은 이런 중요한 일을 수민이 자신 모르게 윤수에게 맡겼다는 것을 이해할 수 없었지만 지금 당장은 그걸 따져 물을 여유가 없었다. 깍지 낀 손에 힘을 얼마나 주었는지 손톱 끝이 하얀 채로 이야기하는 윤수를 보며 알겠다고 했다. 승희보다는 윤수와 조금 더 친했던 현희가 자신이 가겠다고 하며 집에서 챙겨올 물건이 있냐고 확인하고 윤수와 나갔다. 그들이 나가자 한 남자가 90도 인사를 하면서 들어왔다. 상조에서 나온 사람이었다.

냉장고에 음료와 술이 채워지고 음식들이 주방에 놓였다. 테이블마다 여러 겹의 하얗고 얇은 종이가 깔렸다. 도우미 두 명이 진미채와 땅콩, 과자류를 접시에 담고 있을 때 윤수와 현희가 돌아왔다. 그들 뒤로 카트를 끌고 두 사람이 따라 들어왔다. 집에 있던 이케아 책장이 실려 있었다. 남자들은 빈소 한쪽 벽에 책장을 세웠다. 카트 두 대에 책을 몇 번 더 싣고 와 윤수의 지시에 따라 책장에 꽂았다. 옮기는 걸 도와준 사람들이 돌아가고 윤수는 종이 꾸러미를 꺼냈다. A4 용지 두 장에는 고인의 책을 판매한다는 것, 구입금액을 조의금으로 생각하면 된다는 것, 그의 뜻에 누가 되지 않도록 주의해 달라는 것, 책을 구매하기 전 상주와 고인에게 기본 예의를 지켜 달라는 등의 내용이 적혀 있었다. 하나는 빈소 앞에 붙이고 하나는 첫 번째 책장에 붙였다. 꾸러미 중 작은 종이는 책 판매 금액이 쓰여 있었다. 여덟 개의 책장 중 하나에는 천 원이, 네 개에는 삼천 원이, 세 개에는 오천 원이라고 적힌 종이를 붙였다. 천 원짜리는 누가 봐도 오래돼 보였고 그 외의 책들은 대체로 깨끗했다. 수민은 책 끝을 접거나 밑줄을 긋거나 책에 메모하며 읽는 사람이 아니었다. 플래그를 사용했고 띠지를 버리지 않고 다시 껴두었다. 5천 원짜리가 붙어 있는 책장의 책들은 서점에 있는 새 책처럼 보일 정도였다.

책을 가지고 와 진열하기까지 세 시간이 채 걸리지 않았다. 수민의 집에 몇 번 방문하여 책장을 꼼꼼히 살폈던 것이 이런 데에 도움이 될 줄은 몰랐다. 게다가 수민이 준 리스트대로 책이 꽂혀 있어서 빼 온 그대로 다시 꽂으면 되었다. 마치 예상이라도 한 것처럼 자연스럽고 물 흐르듯 착착 진행되었다. 정리가 끝난 책장 앞에 서서 고개를 끄덕인 윤수는 세 사람에게 사람들이 오기 전에 빼놓을 책을 고르라고 했다. 그들은 홀린 듯 책장 앞에 서서 책들을 훑어보았다. 재성은 수민이 읽어보라고 했던 책 몇 권을 꺼냈고, 승희는 그림에세이 두 권을 뽑아 들었다. 현희는 식물에 관한 책과 SF소설 다섯 권을 골라 테이블에 올려놓았다. 뽑은 책은 안쪽 방으로 옮겼다.

갑작스러운 울음소리에 입구를 쳐다보니 수민의 어머니와 언니, 동생 내외와 외가 친척들이 한꺼번에 들어오고 있었다. 세 시간 거리에 살고 있는 이들이 최대한 빨리 온 것이 책 정리가 끝난 시점과 딱 맞아떨어졌다.

"이... 흑... 게... 무슨 일이냐, 왜 이제 전화... 흑... 책... 컥... 아니, 저건 또 뭐야?"

울다 울음을 삼키다 하며 말을 이어가던 수민의 어머니는 책장을 보고 놀라 속사포로, 그리고 정확한 발음으로 그것의 정체를 물었다.

수민은 이 년 전부터 자주 두통에 시달렸다. 일주일에 두세 번은 진통제를 먹어야 간신히 잠을 잤다. 정밀 검사를 받으라는 주변의 말도 듣지 않고 타이레놀로 버티다가 안 되겠는지 제 발로 병원에 찾아갔다. 하루 입원해서 여러 검사를 받기로 하고 아침 일찍 종합병원에 접수했다. 하지만 첫 번째로 진료를 받고 입원 수속을 하기 전 병원 화장실에 쓰러진 채 발견되었다. 발견 즉시 응급

조치를 취했으나 이미 늦은 상태였다. 배우자인 재성에게 가장 먼저 연락이 갔다. 재성이 중환자실에 도착하여 수민의 손을 잡자 수민은 한 번 움찔하고는 마지막 숨을 내쉬었다.

사망 시간은 10시 14분이었고 어머니가 책장의 정체를 물은 게 14시 45분이었다.

재성이 책에 대해 설명하자 수민의 어머니는 장례식장에서 싫어하지 않는지를 먼저 물었다. 옆에 있던 윤수가 책을 나르기 전에 양해를 구했으며 가끔 고인의 물건을 가져다 놓는 일이 있다는 말을 직원에게 들었다고 설명했다. 어머니는 재성을 보며 소리는 내지 않고 '누구?'라고 입모양으로 물었다. 윤수는 재성이 대답하기도 전에 꾸벅 인사하며 수민과 같이 일했던 김윤수라고 소개했다. 어머니는 그제야 얘기 많이 들었다며 악수를 청했다.

인사를 나누는 사이 상조에서 상복을 가지고 왔다. 구석방에서 상복으로 갈아입고 나오자 조문객이 하나둘 도착했다. 가까이에 사는 지인이 몇 명 다녀갔고 재성의 부모님과 멀리 있는 친척들이 도착했다. 허망한 죽음에 안타까운 표정으로 왔다가 책들을 보고 벙찐 표정을 감추지 못했다. 절을 하고 책 설명을 듣고 육개장을 먹고 자리를 뜨거나 책 구경을 했다. 갑작스러운 죽음 때문에 현실감이 없어서인지 책에 정신이 팔려서인지 빈소치고 울음소리가 적은 편이었다. 이것도 수민이 의도한 걸까? 재성은 이십 년 넘게 같이 산 수민을 아직도 모르겠다고 생각했다. 그 사이 윤수가 검은 정장으로 갈아입고 왔다.

저녁 무렵이 되자 누구의 지인인지 모르는 조문객들이 왔다. 그들은 향을 피우고 절을 했다. 재성이 수민과 어떤 사이냐고 물으면 인친이라고 말하는 사람이 대부분이었다. 작가님의 부고 소식을 듣고 왔다고 말하고는 책을 골라도 되는지 물었다. 윤수가 그들을 책장으로 안내했다. 그들은 신중하게 몇 권의 책을 고르고 현금을 주섬주섬 꺼내 책장 옆에 놓인 봉투에 넣어서 주었다. 한 사람은 계좌이체가 되는지 물었고 윤수는 재성에게 자신의 계좌로 받아서 한꺼번에 주어도 된다는 허락을 받고 계좌번호를 알려 주었다. 그는 그렇게 받은 돈을 장부에 따로 기재했다.

밤이 되고 오가는 사람이 없어지자 모여 앉아 수민에 관한 이야기를 나눴다. 대화를 나누며 울다가 생각에 잠겼다가 책장을 멍하게 봤다. 승희가 눈물을 훔치다가 윤수를 째려보며 말했다.

"생각해 보니까 엄마는 결국 우리보다 책이었던 거야. 어떻게 이런 걸 할 생각을 하지? 아저씨도 이상한 거 알죠? 아니 이렇게 돌아가실 걸 안 것처럼. 어떻게 이래? 늙어 죽었으면? 그때도 이러려고 했대요?"

"음... 그 얘기 하긴 했어요. 별일 없이 늙어 죽으면 좋은 거고. 책을 읽지 못할 만큼 늙으면 팔거나 기부할 거라고 했어요. 알잖아요. 책이라면 껌뻑 죽는 사람인 거."

"그것도 수민이답네."

재성이 이렇게 말하고 테이블에 엎드렸다. 재성은 책이 뭐고 기부가 뭐라고 사람 마음을 이렇게 복잡하게 만드는 거냐고 수민에게 따지고 싶었다. 네가 없는 것에 집중하고 슬퍼하고 싶은데 책 때문에 그럴 수 없다고 따지고 싶었다. 네 영정 사진보다 책장을 더 들여다보게 된다고, 네가 뒷전으로 밀렸다고, 네 장례식인데 이게 뭐냐고 따지고 싶었다. 그런 생각에 눈물보다 화가 나 숨이 편하게 쉬어지지 않았다.

현희가 들썩이는 재성의 등을 토닥이다가 일어나 책 한 권을 펼쳐 읽기 시작했다. 윤수도 책을 뽑아와 옆에 앉았다. 승희가 기가 차다는 듯 책이 눈에 들어오냐고 말했다.

"엄마가 바란 걸 수도 있잖아. 우리가 읽는다고 하늘에서 뭐라 하진 않을걸? 오히려 좋아할지도 몰라."

승희는 현희의 말을 다 듣지도 않고 돌아서서 영정 사진 앞에 놓인 국화꽃을 손으로 훑었다. 향긋한 꽃 향이 퍼졌다. 친척 중 몇 명이 한쪽 구석에 방석을 연결하고 입고 온 겉옷을 이불 삼아 누웠다. 재성은 어느새 일어나 향 세 개에 불을 붙여 흔든 뒤 향로에 꽂았다.

둘째 날, 여덟 시가 되자 어제 왔던 상조 담당자가 재성을 찾았다. 입관은 열 시이고 갈 수 있는 사람만 내려오라고 했다. 입관 후에 성복제라는 제사를 지내고 내일 새벽 화장터에 가기 전에 마지막 제사를 올릴 예정이라고 했다. 화장터는 아무리 일찍 가도 시간이 오래 걸릴 수밖에 없으니 최대한 일찍 가야 한다며 새벽 다섯 시에 일어나 준비해야 한다는 말도 덧붙였다. 그는 입관 십오 분 전에 다시 오겠다는 말을 남기고 자리를 떠났다.

그 사이에 어제 일했던 도우미들이 와서 테이블 하나에 상을 차렸다. 둘째 날이 제일 바쁘니 아침을 꼭 먹으라며 사람들을 데려다 앉혔다. 산 사람을 살아야지 같은 상투적인 말들을 하며 두세 명씩 앉아 육개장을 먹었다. 다 먹고 일어나면 그 자리에 다른 사람이 앉아 아침을 먹었다.

입구 쪽을 바라보는 자리에 앉아 있던 윤수가 누군가를 보고 황급히 일어나 깍듯이 인사를 했다. 일제히 입구를 쳐다봤다. 남자 셋이 신발을 벗고 있었다. 재성도 일어나 제단 옆에 섰다. 윤수는 절을 하는 그들 뒤에 손을 모으고 서서 인사가 끝나기를 기다렸다. 두 번의 큰절과 반절을 하고 재성에게로 몸을 돌려 상심이 크시겠다고 인사를 건네고는 책장으로 갔다.

"어떻게 알고 오셨네요."

"너랑 작가님 인스타에 올라와 있는데 어떻게 모른 척할 수 있겠어. 이건 누구 아이디어야? 생각도 못 했어. 수민 씨 답네."

"인스타 사진에서 본 것보다 책이 적네. 사진에는 더 많아 보였는데."

"그래도 깨끗하게 봤네요. 거의 새 책이야."

윤수는 책장 앞에 서서 그들과 잠시 이야기를 나누었다. 그중 한 남자가 내일 일찍 오겠다고 말하고는 봉투를 윤수에게 주었다. 신발을 신는 그들에게 윤수가 음료수를 하나씩 챙겨 주었다.

"누구셔? 내일 또 오신다고?"

"책방 사장님들이요. 따로 연락 안 드렸는데 인스타를

보고 오셨대요. 봉투 주신 분이 중고 책도 같이 파는 책방 사장님인데 소식 듣고 책을 다 사신다고 했었어요."

"그것도 방법이긴 했네."

"수민 씨한테 중고 서점에 한꺼번에 파는 건 어떠냐고 물어보긴 했어요. 그런데 그건 너무 쉽고 재미없다고 싫다고 하더라고요. 책 남은 거 그 사장님이 처리해 주신다고 내일 오신다네요."

"아, 그것도 수민이 답네."

재성은 그렇게 말하는 수민의 말투가 떠올라 피식 웃음이 났다.

상조 담당자가 오기 전까지 재성의 회사 사람들, 승희와 현희의 친구, 동네 사람들 몇 명이 다녀갔다. 입관에 누가 가고 누가 빈소에 남아 있을지에 대한 말들이 오갔다. 윤수와 사촌 동생들만 남고 모두 지하로 내려갔다.

한 시간 반쯤 지나 눈이 퉁퉁 부은 이들이 빈소로 돌아왔다. 입구에 몇 사람이 서 있어서 사람들을 피해 들어가려다 다들 멈칫했다. 테이블은 절반 정도 차 있었고 대략 열 명의 사람이 책장 앞을 서성이고 있었다. 다섯 명이 절을 하는 중이었다. 재성은 제단 옆에 서 있는 윤수에게 가 고생했다고 말했다. 윤수는 고개를 끄덕이고 잘 보내고 왔냐고 물었다. 재성은 고개를 저으며 한 손으로 눈가를 비볐다. 밖에 서 있던 사람들까지 절을 마치고 윤수의 안내에 책을 고르러 간 사이 상조에서 다른 사람이 왔다. 입관 후의 절차를 진행할 장례지도사라고 소개하고 성복제를 올릴 거라고 했다. 성복제는 이십 분이 걸렸다. 엄숙하고 진중했으며 빈소에 온 이후로 가장 울음이 많은 시간이었다. 책을 고르던 사람들은 자리에 앉아서 끝나기를 기다렸다. 곳곳에서 훌쩍이는 소리가 들렸다. 성복제가 끝나자 입관을 보고 온 이들이 그제야 수민의 죽음을 실감한 듯 수민의 이름을 부르며 큰 울음을 터뜨렸다. 재성도 처음으로 소리 내어 울었다. 그는 자신이 이렇게 큰 소리로 울 수 있는 사람이라는 것에 놀랐다. 기억하는 한 이렇게 운 것은 태어나서 처음이었다.

윤수는 그들 뒤에서 고개를 숙인 채 서 있었다. 사람

들이 견디지 못하고 하나둘 자리를 뜨기 시작했다. 윤수는 조문객을 응대하고 조의금을 받았다. 재성은 웅성거림을 듣고 소리 내 우는 것을 멈췄다. 승희와 현희를 꼬옥 안아주고는 눈물을 닦으며 일어났다. 일어나서 보니 서 있는 사람이 많았다. 돌아가는 조문객들에게 인사를 했다.

재성이 늦은 점심으로 육개장에 밥을 말아 두 숟가락째 먹고 있을 때 뜸했던 조문객이 다시 늘어나기 시작했다. 훌쩍이며 제단 옆에 서 있던 승희와 현희를 방으로 보내고 재성이 다시 인사를 받기 시작했다. 저녁때까지 재성은 한시도 앉을 수 없었다. 대부분 SNS를 통해 수민을 알게 된 사람들이었다. 수민은 인스타와 블로그에 각각 사천 명 정도의 팔로워가 있었는데 윤수의 말로는 한 사람 한 사람에게 정성을 다했다고 했다. 그들 외에도 모임을 같이 했던 사람들, 독립서점 사장님들, 출판사에서 몇 명, 디자인 관련 업체, 인쇄소에서 몇 사람이 다녀갔다. 책이 업인 사람들에게도 장례식장에서 책을 파는 모습이 생경한 듯했다. 다들 이런 장례식을 처음이라고 놀라워했다. 재성은 상주로써 인사하기 바빴기에 책에 대한 건 거의 윤수가 설명하고 응대했다.

◇

수민과 윤수는 한 독립서점에서 진행한 글쓰기 클래스에서 처음 만났다. 8주 동안 진행하는 클래스였는데 둘은 책 취향이 비슷해서 금방 친해졌다. 공저로 첫 책을 출간했다. 이후 수민은 윤수의 제안으로 소설책을 한 권, 에세이를 두 권 더 냈다. 윤수도 자신의 책을 여러 권 내었는데 서로의 원고를 첫 번째로 읽어주는 사이가 되어 있었다. 두 사람은 함께 글쓰기 클래스를 열었고 독서 모임을 운영했다. 재성은 운전을 할 줄 모르는 수민을 데리러 다니면서 윤수와도 조금씩 친해졌다. 원래 말수가 적고 사교성이 적은 재성이지만 서글서글하고 싹싹한 윤수에게 마음을 열고 셋은 자주 어울렸다. 수민의 집에서 원고 수정을 하거나 모임 운영 계획을 짜곤 했는데 일이 끝나면 다 같이 밥도 먹고 술도 한 잔씩 했다. 그 자리엔 승희와 현희도 꺼서 놀곤 했다. 학교나 직장이 아닌 곳에서 만난 사람과 이렇게까지 친해질 수 있다니. 재성은 새삼스레 윤수를 쳐다보았다. 그가 윤수를 처음 만난 지도 오 년이나 되었다.

그 때 한쪽에서 큰 소리가 들려왔다.

"제가 먼저 집었거든요!"

"아니요. 제가 집으려고 손을 뻗었는데 채 갔잖아요. 제가 살 거예요."

두 사람이 책 한 권을 마주 잡고 노려보고 있었다. 무슨 일이냐고 묻자 서로 그 책을 가져가겠다며 언성을 높였다. 천 원 책장에 있던 책이었다. 오래된 책이었고 윤수는 알지 못하는 책 제목과 저자였다. 그때 누군가 윤수의 어깨에 손을 올리며 삼만 원에 가져가겠다고 나섰다. 돌아보니 별글 헌책방 사장이었다. 윤수는 인사를 하고 이 책이 뭔데 그러냐고 물었다.

"요즘 꽤 핫한 책이야. 몰랐어?"

"네? 무슨 책이길래... 처음 보는 책인데요?"

"사연이 좀 있지. 저자가 저 책 포함해서 딱 두 권만 냈는데 둘 다 괜찮았나 봐. 베스트셀러는 아니었는데 마니아층이 있었대. 90년대 초반에 나온 책인데 작가랑 연락이 안 돼서 중쇄도 못 찍고 재출간도 무산되었지. 그런데 얼마 전에 책 관련해서 기사가 하나 떴어. 여행을 갔나, 취재 때문에 갔나, 여하튼 기자 하나가 이탈리아에 갔는데 거기 무슨 광장 바닥에 그림이 그려져 있는 거야. 처음 가본 곳인데 그림이 너무 낯익었다는 거지. 며칠을 끙끙대면서 생각하다가 이 책에서 나온 그림이더라는 거지. 아! 이 책 내용 중에 주인공이 그림을 그리는데 뭐 여차저차해서 유럽 어느 광장에 그림을 그려 놓고 사라져. 주인공이 좋아했던 여자가 그곳에 가서 그림을 발견했는데 자신에 대한 사랑 고백을 하는 그림이었다는 거지. 뭐 그런 내용의 소설이야. 기자가 예전에 이 책을 좋아했던 마니아 중에 하나더라고. 그래서 그림을 누가 그렸는지 수소문하고 SNS를 샅샅이 뒤지다가 알아보니까 작가가 여기 한동안 살았었다는 거야. 지금은 또 사라지고 없지만. 돌아와서 기사로 썼는데 그게 빵 떴어. 책을 기억하던 사람들이 다시 책을 찾기 시작한 거지. 우리 책방에도 이게 한 권 있었어. 한 권 있던 거 팔았다고 좋아했는데 일주일 동안 세 명이나 또 찾더라고. 알다시피 베스트셀러 아니고서는 연달아서 같은 책을 찾는 건 흔한 일은 아니잖아? 그것도 90년대 책을 말야. 그래서 나도 온라인에서 두 권을 사다가 또 팔았지. 그 책이 여기도 있을 줄은 몰랐네."

책의 양 끝을 잡고 있던 두 사람도, 책을 구경하던 사람들도 헌책방 사장의 이야기에 귀를 기울이고 있었다. 사장은 씨익 웃더니 참전을 선언했다.

"제가 삼만 원에 가져가겠습니다."

생각보다 높은 가격에 책을 잡고 있던 사람 중 하나가 깜짝 놀라더니 고개를 저으며 말했다.

"아니요. 일단 제가 처음 보고 집었으니까 제 거죠."

"제가 먼저라니까요! 저 사만 원에 가져갈게요. 그럼."

당황해하는 윤수 옆에서 사장은 오만 원이라고 외쳤다. 지켜보던 사람 중 누가 감탄사를 흘렸다. 반응에 호응이라고 하듯 처음 집었다던 사람이 오만 오천 원이라고 외쳤다. 세 사람은 이천 원에서 오천 원씩 가격을 올리면서 즉석으로 경매를 시작했다. 가격은 십만 원까지 올라갔다. 사만 원을 제시했던 사람이 먼저 포기했다. 남은 사람과 사장은 다시 가격 흥정을 하기 시작했다. 가격이 오를 때마다 사람들은 환호했고 손뼉을 쳤다. 사장이 십이 만 원을 외치자 남아 있던 사람이 고개를 숙이며 손을 저었다. 사장은 윤수에게 계좌 번호를 받아 십이 만 원을 입금했다. 책의 원래 가격은 육천 원이었다.

소란이 끝나자 사람들은 더 많은 책을 골라서 조의금으로 계산하고 돌아갔다. 장례식장에서는 좀처럼 듣기 힘든 환호성과 박수 소리에 사람들이 입구에서 기웃댔다. 입구에 붙여 놓은 안내문을 읽고 돌아가는 사람도 있었지만, 옆 빈소의 상주와 장례식장 직원 몇 명이 절을 하고 책을 골랐다. 그 와중에 도우미 한 명이 윤수에게

다가와 사람이 계속 올 것 같으면 도우미가 더 필요하다고 했다. 윤수는 정신없이 다니는 재성을 흘끗 보고는 그러라고 했다. 밤이 될 때까지 조문객은 끊임없이 다녀갔다. 빈손으로 돌아가는 사람은 없었다. 책 때문이든 수민을 추모하기 위해서든 이곳을 찾은 사람들은 한 권 이상의 책을 들고 나갔다. 준비해 온 조의금을 내는 사람도 많았지만 대부분 책을 고르고는 조의봉투에 만원 단위의 돈을 담았다. 계좌이체를 할 때에도 대부분 그렇게 했다.

"플리마켓인 줄."

"엄마는 좋아했겠다. 사람이 이렇게 많이 왔으니. 소원 성취했네."

"아니 도떼기시장도 아니고 이게 무슨 일이라니. 그래도 사람 없는 것보다는 낫긴 하네. 수민이 아빠 장례식장 생각하면…. 코로나 때문에 사람도 별로 없고 낮에만 잠깐 사람들 왔다가 가고. 썰렁했었잖아. 수민이가 그게 안타까웠나 보네. 그렇지, 그것보다는 이게 낫지."

더 이상 오는 사람이 없자 테이블에 모여 앉아 떡과 편육으로 배를 채우며 승희와 현희, 수민의 어머니가 한마디씩 했다. 윤수는 재성을 불러 조의금 접수를 도와준 사촌 동생과 함께 방명록과 장부를 정리하기 시작했다. 계좌이체 받은 내역과 장부를 비교하고 금액을 계산했다. 친척이나 지인이 낸 조의금을 제외하고 책 관련하여 받은 조의금은 천만 원에 가까웠다.

"이렇게 많이 팔릴 거라고는 생각 못 했어."

"제 값 주고 팔았으면 이것보다 돈이 더 됐을 거예요. 근데 발품을 많이 팔아야 했겠죠. 기부까지 하라고 했으니 정작 형님에게 돌아가는 건 얼마 안 되죠 뭐."

"이제 조문객도 없을 거고, 남은 책은 어떻게 하지?"

"아침에 왔던 사장님이 내일 새벽에 오신다고 했어요. 가격을 후하게 쳐주지는 못해도 고물상에 킬로로 달아서 파는 것보다는 나을 거예요."

"그래. 그러면 나야 좋지. 윤수 씨가 고생했네."

재성은 고개를 끄덕이며 자기 손으로는 고물상에 넘기

기는 커녕 아무 것도 못하고 방치했을 것이라 생각했다. 윤수가 계좌로 받았던 조의금을 재성의 계좌로 송금하자 재성은 책을 옮기면서 든 비용을 물어보고는 윤수의 계좌로 다시 입금했다. 그러고 나서 윤수는 장례식장에 헛걸음하는 사람이 없도록 발인시간을 SNS에 올렸다.

수민의 어머니는 남은 사람들에게 내일도 할 일이 많다며 잠깐이라도 눈을 붙이라고 권했다. 승희와 현희는 방으로 들어갔고 나머지는 어제처럼 식당 구석에 방석을 깔고 잠을 청했다. 윤수와 재성은 남은 책을 한 책장으로 모으며 남겨두고 싶은 책이 더 있는지 서로에게 물었다. 12권의 책을 따로 빼놓고 214권이 남았다.

재성은 향 세 개를 새로 꽂고 벽에 등을 대고 앉아 영정 사진을 바라보았다. 죽기 전에 해외여행 한번은 가봐야 하지 않겠냐며 봄에 찍었던 여권 사진을 영정 사진으로 쓰게 될 줄은 몰랐다. 분명 무표정으로 찍은 사진이었는데 옆에서 보니 입꼬리가 살짝 올라가 미소를 띠고 있는 것처럼 보였다. 윤수가 재성 옆에 앉았다.

"형님, 섭섭하죠? 책 얘기 형한테 안 해서?"

"아, 응. 아니야. 계속 생각해 봤는데 그럴 만했어."

"제가 수민 씨한테 물어봤었거든요. 형님한테 제일 먼저 말해야 하는 거 아니냐고. 근데 자기가 아버지 장례를 치러 보니까 상주는 그런 거 할 정신이 없다고 하더라고요. 형님이나 애들은 이런 결정 못 내리고, 여러 가지 일을 한꺼번에 못 할 거라고... 전 아직 조부모님 장례도 치러본 적이 없어서 몰랐는데 어제 오늘 보니까 무슨 말인지 알겠더라고요. 장례식이라는 게 생각보다 할 일들이 많네요."

윤수의 말을 듣고 재성은 고개를 끄덕였다. 수민의 아버지는 병원에 입원해 있던 중에 돌아가셨다. 병원 장례식장에서 장례를 치르는 데도 빈소를 정하는 것부터 모든 장례 절차가 끝날 때까지 정신이 하나도 없었다. 처가 식구들이 목 놓아 운 건 입관할 때 말고는 기억도 나지 않았다. 코로나로 인해 조문객이 적었음에도 사흘 내내 바빴다. 음식은 왜 그리 빨리 떨어지는지 도우미들은 계속 추가 음식 주문을 해야 한다고 보챘고 상조 담당자는 이런저런 서류를 요구하고 사인할 종이를 들이밀었다. 그때는 승희와 현희, 조카들도 다 어려서 하루 종일 먹거리, 놀거리도 챙겨야 했다. 잠도 거의 못 자고 밤새 향이 꺼지지 않게 계속해서 불을 붙여야 했다. 수민은 장례식이 아니라 집안 큰 행사를 치른 느낌이라고 했었다. 납골당에서 집에 돌아와 이틀 동안 잠만 잤다. 또, 집안의 대소사는 대체로 수민이 알아서 처리해 왔기 때문에 재성은 자신과 아이들이 이런 일에 제대로 결정이나 내릴 수 있었을지 의심이 들기도 했다. 거기에 책까지 신경 써야 했다면 재성은 정신이 온전치 못했을 거라고 조문객들과 맞절하는 도중 생각했었다. 수민이 윤수에게 그런 부탁을 한 것이 이해되고도 남았다.

"처음엔 섭섭했는데 이젠 알겠어. 이렇게 도와주는 것도 정말 고마운데, 내가 너한테 섭섭한 티를 냈나? 그랬다면 미안해."

"아니에요. 저 같아도 섭섭했죠. 당연히 그러실 수 있으니 전 신경 쓰지 마세요. 저도 제가 먼저 죽으면 이렇게 해달라고 했었어요. 저야 이것보다 책이 적지만요. 아마 어디 찾아보면 제 유서도 있을걸요."

"그래. 네가 있어서 다행이야. 고마워. 피곤한데 눈 좀 붙여."

윤수는 재성의 어깨를 툭툭 치고 일어났다. 그러고는 텅 비어버린 책장을 한 번 더 보고, 책장에 기대 앉아 팔짱을 끼고 눈을 감았다.

까무룩 잠이 든 재성은 부스럭거리는 소리에 놀라 깼다. 수민의 어머니와 이모가 상을 차리고 있었다. 한쪽에는 음식 꾸러미가 담긴 봉투가 있었고 나물 등이 담긴 접시가 쟁반에 가지런히 놓여 있었다. 쟁반의 것은 발인제를 위한 음식이고 봉투는 납골당에서 간단하게 지낼 제사에서 쓸 음식이었다. 승희는 남은 음식을 비닐에 싸고 있었다. 수민의 어머니는 일어날 시간이라며 밥부터 먹자고 사람들을 깨웠다. 다들 부스스한 머리에 간신히 눈을 뜨고 마지막 육개장을 먹었다.

4시 45분이 되자 어제 제사를 지냈던 장례지도사가 왔다. 발인제 절차와 화장터에서 할 일 등을 재성에게 설명했다. 재성이 원래 발인을 새벽에 하는 것이냐고 묻자, 천천히 해도 되지만 요즘 화장터는 새벽부터 붐벼서 순서가 한 번 밀리면 오래 걸린다고 했다. 제사 음식을 제단에 올려놓는 사이 어제 왔던 책방 사장과 한 사람이 입구에 카트를 대고 들어왔다. 재성에게 가볍게 목례를 하고 윤수와 책을 나르기 시작했다. 재성은 윤수에게 다가가 책장은 어떻게 할지 묻자 윤수는 사장에게 같은 질문을 다시 했다. 사장은 그렇지 않아도 가져가고 싶었다고 화색을 했다. 책은 두 번에, 책장은 네 번에 나누어 차에 실었다. 사장은 214권의 책과 책장 여덟 개를 60만 원에 가져가게 되었다. 그들이 책을 나르는 동안 발인제를 지냈다. 관을 들어줄 사람이 한 명 부족하다는 말에 사장도 거들겠다고 했다. 사람들이 꾸려 두었던 짐을 하나씩 들고 나갔다. 재성은 수민의 영정 사진을 들고는 놓고 가는 것이 없는지 마지막으로 빈소를 돌아보며 말했다.

"내가 니 장례식을 치른 건지 책들 장례식을 치른 건지 모르겠다 진짜. 책들은 잘 보냈어. 걱정 안 해도 돼. 이제 너만 보내면 되는데 그건 좀 천천히 할게. 그것까지 재촉하진 말자."

재성을 배웅하는 빈소는 그들이 들어오기 전 모습 그대로였다. 넓었다.

마감을 하며

 현재 기온이 0도가 찍힌 아침, 뜨개질이나 할까? 겨울 냄새가 나기 시작하면 뜨개질할 때가 되었다는 신호이다. 일단 뜨기에 앞서 어떤 실로 뭘 만들지 검색해 본다. 올해는 이거 만들어 봐야지 하고 캡처해 둔 목도리 도안들을 꺼내 보기도 하고 작년에 짠 모자들을 꺼내 써보기도 한다. 그렇게 시작해서 한 번에 뚝딱 만들기도 하지만, 떴다 풀었다를 반복해서 간신히 완성하기도 한다. 물론 만들다 만 것도 많다.

 에필로그를 쓰라는 말에 뭘 써야 하나, 새벽에 주저리주저리 울컥하며 썼던 글들을 하나도 남겨 두지 않았다. 다 합치면 짧은 소설 한 편 분량일 텐데. 이것만은 냉정하게 써보려고 고민한 게 여러 날. 그 사이 기온이 뚝 떨어졌다. 털실을 모아둔 상자들을 꺼내다가 문득 아, 내 소설들도 이렇게 완성되었구나. 복잡하고 어려운 스웨터는 아직 만들지 못했지만 수많은 모자와 목도리를 만들어 온 것처럼, 썼다 지웠다를 반복하고 시점을 바꿨다가 주인공을 바꿨다가 결말을 바꾸기도 하며 하나하나를 완성해왔구나.

쓰다 보니 사랑이었고 다양한 사랑을 이야기하고 싶었다. 그게 전달되지 못했다면 난 더 열심히 뜨개질을 해야 할 것이다. 아니, 해야 한다. 언젠가는 스웨터를 떠서 입어야 하니까. 도안을 그리고 실을 고르고 한 땀 한 땀 떠서 크고 멋진 스웨터를 완성시킬 날이 오기를.

언제 책이 나오는지 물어봐 준 모든 분에게 감사하고, 부족한 글에도 늘 응원해 준 편집자에게 감사하다는 말을 전하고 싶다. 에필로그에 누구누구에게 감사 인사를 전하는 것이 관례적 멘트라고 생각했는데 아니라는 걸 써 보니 알겠다. 진심으로 하는 말이라는 걸.

그리고 이 책을 사준 독자, 바로 당신에게도 깊이 감사하다는 말을 꼭 하고 싶다.

읽어 주셔서 감사합니다.

사랑합니다.

혜윰 소설집
내 마음이 그래

초판 1쇄 인쇄 2024년 11월 13일

초판 1쇄 발행 2024년 11월 20일

지 은 이	혜윰
발 행 인	김은철
편집/디자인	김은철
제 작	넥스트 프린팅
펴 낸 곳	오리너구리
등 록	2024년 2월 2일
주 소	인천광역시 연수구 앵고개로 264번길 30-3 3층
전 화	032-816-7169
전 자 우 편	ori_rakkun@naver.com
인 스 타 그 램	@ori_rakkun

ⓒ혜윰 2024
ISBN 979-11-987419-2-9

이 책은 저작권법의 보호를 받는 저작물로 무단 전재, 복제, 배포를 금합니다.
이를 위반 시 민사 및 형사상의 법적 책임을 질 수 있습니다.
책 내용의 전부 또는 일부 내용을 이용하려면 반드시 사전에 저작권자와 출판사의 서면 동의를 받아야 합니다.